KB149082

너의 경우

너의 경우

1판 1쇄 인쇄_2021년 08월 20일
1판 1쇄 발행_2021년 08월 30일

지은이_이미란
펴낸이_양정섭

펴낸곳_예서
등록_제2019-000020호

제작·공급_경진출판
이메일_mykyungjin@daum.net
블로그_https://mykyungjin.tistory.com/
사업장주소_서울특별시 금천구 시흥대로 57길(시흥동) 영광빌딩 203호
전화_010-3171-7282 팩스_02-806-7282

값 10,000원
ISBN 979-11-91938-00-5 03810

이미란 소설집

너의 경우

예서

차례

당신?

"엄마? 아버지가 움직이세요! 손가락으로 운동 기구를 가리켰어요!"

아들의 들뜬 목소리에 나는 퍼뜩 정신이 들었다. 병원에서 돌아와 잠깐 소파에 앉았는데 살풋 잠에 빠졌나 보다.

"운동 기구를 가리켰다고?"

"네, 지하실에 워킹레일 있잖아요. 다른 사람들 보행 연습 하는 것 보면, 아버지가 자극을 받으실까 해서 휠체어를 밀고 갔거든요. 그런데 아버지가 갑자기 트레드밀을 가리키는 거예요."

당신은 뇌수종 수술을 받고 혼수상태로 있다가 아흐레

만에 깨어났다. 운동을 시키기 위해 휠체어에 앉히면, 팔다리를 축 늘어뜨린 채 다운증후군 환자 같은 표정으로 몸을 부리고 있던 당신이 손가락을 움직여 뭔가를 가리키기까지 했다는 것이다. 나는 모든 계획을 접은 채, 서둘러 병원으로 향했다. 멀거니 벌어져 있던 당신의 두 눈에 초점이 생겨 있었다. 나는 당신이 당신의 몸으로 돌아왔다는 것을 알게 되었다.

어눌하나마 말을 하게 되었을 때, 당신은 재활전문병원으로 옮겨 달라고 했다. 전문가의 도움을 받아 빨리 회복하고 싶다는 것이다. 나는 당신의 적극적인 재활 의지에 놀랐다. 내가 지금껏 알았던 당신의 모습과는 달랐기 때문이다. 부모를 잘 만나 물려받은 재산이 있고, 인생이 순조롭게 풀렸던 당신은 그래서인지 특별한 욕망도 성취 의지도 없는 사람이었다. 친구들과 어울리기를 좋아하고 알콜 중독이 걱정될 만큼 날마다 술을 마시면서 "돈 워리, 비 해피(Don't Worry, be happy)"라는 말을 입에 달고 살았다. 운동이며, 체중 관리에는 전혀 관심이 없이 하루의 즐거움을 위해 사는 것 같던 당신이 고열에 시달린 끝에 뇌수막염 진단을 받고, 합병증으로 뇌수종 수술까지 받게 되었을 때,

나는 이제 올 것이 오는구나 싶었다. 몸이야말로 자신이 살아온 삶의 계산서 같은 것이 아니겠는가.

지금 당신의 몸은 생의 의지로 충만해 있다. 침대에 누워 있을 때조차 주먹을 쥐락펴락하고 발가락을 폈다 구부렸다 하며 움찔거린다. 조금이라도 몸을 움직이지 않으면, 몸이 굳기라도 할 것처럼 조바심을 낸다. 당신은 혼수상태라는 미지의 영역에서 특별한 경험이라도 한 것일까? 언젠가는 당신에게 묻고 싶다. 생사의 갈림길에서, 당신을 삶으로 끌어들인 특별한 욕망은 무엇이었는지.

당신이 로봇재활치료를 선택한 것도 놀라운 일이다. 당신은 기계니, 컴퓨터니, 로봇을 신뢰하지 않았던 사람이다. 세상의 변화에 따라, 스마트폰까지는 어쩔 수 없이 수용했지만, 사물 인터넷은 절대 집으로 들일 수 없다고 공언했다. 네트 안에 갇힌 인간이 되고 싶지는 않다는 것이 당신의 생각이었다.

뇌파 훈련이나 언어 치료는 가상체험실에서 이루어지기 때문에 보호자가 끼어들 여지가 없었지만, 로봇을 활용한 보행훈련장은 참관이 가능했다. 나는 당신이 로봇 스탭퍼가 장착된 전동식 경사대에 눕는 것으로부터 시작해서, 각

관절에 센서가 부착된 로봇다리를 착용하고 걷는 단계, '모닝워크'며 '안다고', '엑소워크'라는 로봇보행훈련의 단계를 거치는 것을 지켜보았다. 예전 같으면, 보행훈련의 단순한 도구나 장치로 여겼을 그 로봇들을 당신이 변별하여 이름으로 부르고 있다는 것도 흥미로웠다.

당신의 몸은 치료사들이 놀랄 만한 속도로 회복되었으며, 3개월의 입원 치료가 끝나고 퇴원할 무렵에는 허벅지에 제법 근육까지 붙어 있었다. 집으로 돌아오는 승용차 안에서 당신은 전에 없이 차창 밖을 이리저리 내다보며 건물이며 거리에 관심을 보였다. 죽음의 문턱에서 돌아왔으니 삶의 풍경이 새롭게 보이는 것인가.

집에 돌아온 당신은 어느 날, 뇌파 치료를 담당했던 의사를 저녁 식사에 초대하고 싶다고 했다. 그는 재활병원 '뉴로피드백 센터'의 센터장을 맡고 있는 김주원 박사였다. 당신은 당신의 뇌가 뇌수막염으로 입은 손상 외에도 알콜성 치매가 시작되고 있는 상태이기 때문에 세타파의 지속적인 억제가 필요하다고 했다.

40대 후반쯤으로 보이는 김 박사는 신경과 의사답게 깔끔한 외모의 사내였다. 미소를 머금은 듯한 입매와는 달리

눈매가 차가워서 누구와도 쉽게 친해질 것 같지 않은 인상이었다. 그러나 석 달이라는 치료 기간이 짧지 않았는지 당신과는 격의 없이 말을 나누었다. 나는 내가 만든 음식을 맛있게 먹는 그를 보고 다소 호감이 생겼다. 당신이 준비하라고 귀띔한 음식은 살치살 구이와 버섯 샐러드였다. 당신이 그의 취향까지 알고 있다는 것은 놀라웠다.

식사 준비로 들락거리느라 빼곡히 챙겨 듣지는 못했지만, 김주원 박사는 '피에이치 크리에이터'라는 회사의 창립 멤버인가 보았다. 뇌파 치료라는 전문 영역을 확보하고 있는 의사이면서, 회사까지 경영하고 있다는 게 놀라웠다. 그가 관여하고 있다면 뭔가 특별한 회사일 것 같았다. 그는 창립 멤버들과의 의견 충돌에 대한 이야기도 했는데, 당신은 그 회사 사정을 잘 아는 듯 고개를 끄덕이기도 하고 조언을 하기도 했다.

당신은 회사라는 조직과는 무관한 삶을 살았던 사람이다. 나는 당신이 그 회사의 주식을 가지고 있을지도 모른다는 생각을 했다. 당신은 매매 차익에는 신경을 쓰지 않는 주식 투자가이다. 당신 소유의 부동산에서 돈이 나오면 그만큼 주식을 사서 보유하는 것뿐이다. 그러니까 당신이 '피에이치 크리에이터'의 주식을 가지고 있다면 아마도 대주주일 것이다. 그래서 김 박사와도 쉽게 친해진 것이 아닐까?

"피에이치 크리에이터가 뭐하는 회사예요?"

김 박사가 떠난 뒤, 나는 당신에게 물었다.

"포스트휴먼 관련 기업이야."

"포스트휴먼? 그럼 로봇팔이나 로봇다리 같은 것 만드는 회사인가요?"

언젠가 TV의 교양 프로그램에서 미래의 어느 시점에서는 호모 사피엔스의 시대가 끝나고 인간의 한계를 뛰어넘는 새로운 종인 포스트휴먼이 탄생할 것이라는 강의를 당신과 함께 시청한 적이 있다. 그 강의를 했던 미래학자에 따르면 우리는 이미 포스트휴먼을 향해 질주하는 트랜스휴먼의 시대에 살고 있다는 것이다. 스마트폰의 활용으로 과거의 인류가 습득하고 점유할 수 있었던 지식과 공간의 한계를 뛰어 넘었으며, 첨예화된 의수나 의족, 인공 장기들은 부자유한 신체의 한계를 극복할 수 있게 했다는 것이다. 그는 과학의 발달이 어느 순간 특이점을 지나게 되면, 죽음조차 초월한 포스트휴먼의 시대가 될 것이라고 했다.

—영원히 산다니 끔찍하지 않아요?

—기계를 주렁주렁 달고 사는 게 사는 거야? 당신에게 분명히 얘기해 두는데, 나는 결코 기계 장치에 의존해 생명을 연장하고 싶지 않아. 당신이 나의 죽음을 선택해야 할 순간이 온다면, 그냥 가게 해줘. 모르핀이나 잔뜩 투여해서 통증은 없게 하고."

나는 그때 당신과 나누었던 대화를 떠올리며 물었다. 당신은 정색을 했다.

"포스트휴먼 산업이라는 게 의료용 기계를 제작하는 정도의 일이 아니야. NBIC 융합 테크놀로지 사업이라고 할 수 있지. 인간 향상을 위해서 말이야."

당신은 김 박사의 회사를 잘 아는 것처럼 굴었다.

"인간을 향상시킨다고요?"

'향상'이라는 단어는 추상적이거나 비물질적인 것의 진보를 이르는 말 아닌가? 기술 향상이니, 실력 향상이니, 수준 향상이니 하는……. '인간 향상'이라니, 낯선 조합이었다.

"인간이라는 유기체에 과학기술을 적극적으로 개입시켜 인지적, 신체적 능력을 향상시키는 거지."

"인간을 사이보그화한다는 말인가요?"

"사이보그도 인간 향상의 한 형태라고 할 수 있지. 아까 NBIC 융합 기술이라고 했잖아. 나노, 생명, 정보, 인지의 최신 기술이 합쳐지면 인간은 끝없이 진화할 수 있는 거야."

당신은 야심가처럼 말했다. 아니면 세뇌된 사람처럼? 당신은 김 박사의 진료를 받으면서 그의 주장이나 이론에 설득되었나?

"진화라고요? 특이점을 뛰어 넘으면 인간이 아니라면서요? 인간이 아닌 상태에서 살면 뭘해요? 당신도 기계 장치에 의존해서 살고 싶지는 않다고 하지 않았나요?"

"기계 장치에 의존해서 살기보다는 적극적으로 기계가 되는 거지."

"기계가 된다고요?"

나는 뜨악한 기분으로 당신을 쳐다보았다. 당신은 혼수상태에서 무엇을 경험했던 것일까? 인사불성으로 누워 있으면서 무엇을 느꼈길래 기계가 되어서까지 살고 싶다는 생각을 하는 걸까?

"유물론적 관점에서 보자면, 인간이라는 것도 생체 기계에 불과한 거잖아. 이 생체 기계를 강화하고 보완하는 거야.

과학기술의 힘으로.”

당신은 언제부터 유물론자가 되었나? 아니, 언제부터 그렇게 과학기술을 신봉했나?

“나도 어깨와 무릎은 인공 관절로 바꾸어야 할 것 같아. 운동으로 극복되지 않는 신체적 한계가 있더라고.”

“일상 생활에 별 불편은 없었잖아요? 통증이 있는 것도 아니고…….”

“육십대 노인의 몸으로 살고 싶지 않은 거지.”

당신은 육십대 노인인 당신의 몸을 거부하고 있는 건가? 담담여수(淡淡如水), 담담하게, 흐르는 물처럼 살아간다는 게 당신의 철학 아니었나? 나이 들면서 당신은 늘어나는 흰머리를 염색해 본 적도 없었고, 손등에 생기는 검버섯에도 무심했다. 그러던 당신이 갑자기 젊음을 탐하는 욕망 덩어리가 된 것 같다. 그것이 실은 당신의 무의식 안에 잠재되어 있었던 욕구였을까? 모든 인간은 유기체인 이상 생명을 연장하려는 본능적 충동을 지니고 있지 않을까? 유기체로서의 당신의 생명이 그 해체의 순간을 향해 움직이고 있던 어느 순간, 당신 몸의 내부에서 불현듯 삶 충동이 깨어난 것일까?

"알고 보니 이 몸뚱이는 모든 기관이 노쇠하고 병들어 있더라구. 죽어가고 있는 거였지."

당신은 제삼자처럼 자신의 몸을 평가한다. 당신은 피에이치 크리에이터 병원에서 신체 정밀 검사를 받았다고 했다. 당신의 식도는 바렛식도로 변형이 되어 가고 있으며, 위는 헬리코박터균의 수치가 증가 일로에 있으며, 폐는 기관지 인근 부위에 염증이 있다는 것이다.

"수십 년 동안 술, 담배를 탐하며 절제하지 못하고 산 인간의 몸뚱이지."

당신은 당신의 몸을 경멸하는 것 같다. 당신과 나는 2년에 한 번씩 정기적으로 건강검진을 받아왔다. 건강검진에서 발견하지 못한 병증을 잡아냈다는 것이 피에이치 크리에이터 병원에 대해 신뢰감을 느끼게 했다. 생뚱맞은 병들이 아니라, 술과 담배가 과한 당신에게 늘 걱정이 되었던 식도암과 위암, 폐암의 전조 증상들이었기 때문이다.

"그래서 말인데, 문제가 있는 장기들을 이번 기회에 모두 인공 장기로 교체할까 해."

"아니, 그 부위들이 암으로 발전할 수도 있지만, 아닐 수도 있잖아요. 조기 치료를 하면 되는 것인데, 인공 장기로 바꾼다고요?"

"노화된 것들이야. 수술을 한다고 장기가 젊어지지는 않아. 너덜너덜해질 뿐이지. 나는 새것으로 바꾸고 싶어."

당신의 입장은 확고했다.

"위험하진 않아요? 부작용은요? 인공 심장도 아직 완벽하진 않다던데? 심장 이식을 받을 수 없어서 우선 기계로 대신하는 거잖아요."

나는 당신이 무서워진다. 그러니까, 당신은 적극적으로 기계 인간이 되겠다는 건가?

"피에이치 크리에이터의 의료 기술은 당신이 상상하는 것 이상이야. 이 회사의 인공 장기는 생체 장기야. 기계장치가 아니라고."

"생체 장기라고요?"

나는 더 끔찍해진다. 생체 장기를 적출해 낼 복제인간이라도 만들었다는 것인가? 이 회사가!

"설명해 줘도 당신은 잘 이해되지 않을 거야. 3D 프린터를 이용해서 장기를 복제해 내는 기술이거든."

"3D 프린터로 장기를 복제해요?"

"줄기세포로 만든 바이오잉크가 핵심이지, 이 잉크와 생체 재료를 3D 바이오 프린터에 넣어 장기의 골격을 먼저 만들어. 그런 다음 환자의 세포 조직을 인큐베이터에서 배양하는 거지. 배양된 세포로 골격을 채우고, 꽉 채워질 때까지 세포가 증식하고 분화하면, 인공 장기가 탄생하는 거야."

3D 프린터가 2차원 면을 층층이 쌓아 올려, 입체 형태의 결과물을 만들어 낼 수 있다는 것까지는 나도 안다. 그러나 줄기세포로 만든 바이오잉크니, 생체 재료를 프린터에 넣어 인공 장기를 만들어 내느니 운운하는 것은 도저히 믿기지 않는다. 혹시 당신은 과학기술의 탈을 쓴 거대한 사기 집단에 걸려든 것은 아닌가?

"자신의 세포로 배양한 것이기 때문에, 면역 거부 반응도 없지. 다른 사람의 장기를 이식하는 것보다 훨씬 안전한 거야."

당신의 목소리에서는 으스대는 기운조차 묻어난다. 당신이 하는 말은 당신의 것인가? 나는 아무래도 당신이 김주원 박사라는 전문 사기꾼에게 세뇌당한 것 같다. 박사학위 논문을 쓰느라고 바쁜 아들을 웬만하면 방해하고 싶지 않지만 아무래도 아들에게 도움을 청해야 할 것 같다. 지도교수의 정년이 얼마 남지 않았고, 그 분야의 전공자가 드물기 때문에 제 시간에 학위만 취득하면, 아들은 모교의 교수가 될 수 있을지도 모른다. 당신의 뇌수종 수술 전후로 보름 가까운 시간을 간병으로 보내 버렸기 때문에 아들은 초조할 것이다. 그러나 당신의 재산이 타인의 계좌로 흘러 나가는 것을 나는 보고만 있을 수 없다. 아들을 위해서 더욱 그렇다.

"3D 바이오프린터로 인공 장기를 만들어요? 아, 우리나라의 의료기술이 대단하네요."

뜻밖에 아들은 감탄부터 한다. 아들에게는 낯선 이야기가 아닌가 보았다.

"바이오 사이언스 관련 사이트에서 그 소식을 접한 지 얼마 되지 않는데, 벌써 현실화되다니, 굉장해요."

"아니, 그게, 아버지 이야기가 설령 사실이라 해도, 부작용 같은 것도 있을 것 아니니? 네 말을 들어보니 현실화된 지 얼마 되지도 않은 것 같은데. 장기들을 덥석덥석 바꾼다고?"

"아버지 장기에 문제가 많다면서요. 죽음에서 돌아오신 분인데, 그냥 본인 뜻대로 하시게 내버려 두세요."

아들은 쿨하다. 나는 말문이 막힌다. 그래, 당신은 죽음에서 돌아온 사람이지. 그러나 그래서 더욱 미혹에 빠지기 쉬운 건 아닐까?

"엄마는 그게, 그 생체 장기라는 것이 혹시, 가능성만 있는 정도인데, 실현된 것처럼 꾸며서…"

하하하. 아들은 크게 웃는다.

"엄마, 김주원 박사는 우리나라에서 제일가는 뇌파 전문가예요. 그런 분이 하는 일을 의심할 수는 없어요. 피에이치 크리에이터라는 회사를 알아보긴 할게요."

나는 머쓱해져서 전화를 끊었다.

당신은 한 달 정도 머물 예정이라면서 피에이치 크리에이터 병원으로 들어갔다. 어깨와 무릎관절을 바꾸고, 식도와 위, 폐를 교체하겠다고 했다. 병원 입구에 간호사가 마중 나와 있었다. 외부인은 출입 금지라고 했다. 내부인이 되어 간호사와 함께 사라지는 당신의 등을 바라보다가 나는 돌아왔다. 피에이치 크리에이터의 임원들을 일일이 검색해봤는데, 생명과학이며, 유전공학, 생화학, 세포학, 해부생리학, 의과학 등의 분야에서 선도적인 역할을 하고 있는 사람들이니, 안심하라는 아들의 전화도 그때 받았다. 나는 내가 구석기 시대의 인간처럼 느껴졌다.

만일 남편이 심장에 이상이 생겨 인공 심장을 이식하게 되었다면, 나는 자연스럽게 수술을 받아들였을 것이다. '인공 심장'은 이미 익숙해진 용어이기 때문이다. '인공 심장'이 있다면, '인공 식도', '인공 위', '인공 폐'가 왜 불가능하겠는가? 내가 느끼고 있는 불안감은 다만 익숙하지 않은 것에 대한 거부감 때문이 아닐까? 나는 당신이 입원한 뒤, 3D 바이오프린터의 장기 복제에 대해서 인터넷을 뒤적이며 찾아보았다. 이식할 장기를 구하지 못해 죽어가는 환자들에게는 수급이나 비용 면에서 획기적인 기술이 될 거라는 것이었다. 물론 인터넷상에 피에치 크리에이터와 그 기술을 연관시키는 정보는 없었다. 그러나 당신이 활기 넘치는 모습으로 되돌아 왔으니, 그 이상 신뢰할 만한 근거가 있겠는가?

당신은 일주일에 한 번씩, 병원을 방문하여 정기 검진을 받고, 가끔씩 김주원 박사와 만나는 것 외에는 따로 사람을 만나지 않았다. 한동안 전화로 당신을 들쑤시던 고등학교 동창들과 골프 친구들도 이제는 연락이 뜸해졌다. 당신의 관심은 오로지 '몸'에 있는 것 같았다. 술과 담배를 끊었으며, 새벽 산책을 나갔고, 오후에는 아파트 단지의 헬스클럽에서 두 시간을 보냈다. 몸이 좋아져서인지, 세타파를 지속적으로 억제해서인지 당신은 지력도 좋아진 것 같았다. 서재에서 보내는 시간이 많았는데, 예전에는 관심도 없었던 전자책도 구입해서 읽고 있었다. 나는 이 모든 게 김주원 박사의 영향이라고 생각할 수밖에 없었다. 당신의 정신과 몸을 회복시켜 준 사람이니 당신이 그에게 의지하고 있는 것은 당연한 일일 터였다. 그래도 어쩐지 당신의 몸과 정신이 그에게 장악당하고 있다는 느낌을 지울 수 없었다.

아니나 다를까. 당신은 피에이치 크리에이터의 병원에서 인공 눈 수술을 받겠다고 했다. 나는 그것이 노안수술 같은 것인 줄 알았다. 백내장으로 시력이 저하된 이들이 인공 수정체를 삽입하는 경우는 종종 보아왔기 때문이다. 그러나 당신은 당신의 눈이 심해지면 시력을 상실하게 될 수도 있는 '황반변성' 증상을 보이고 있다고 한다. 그리고 인공 눈에 대해서도 설명한다. 알루미늄으로 만들어진 안구 가운데 렌즈가 고정돼 수정체를 대신하고, 인공 망막에는 나노와이어가 광수용체 역할을 하며, 액체 금속선이 신경섬유를 대신한다는 것이다.

"그러니까, 눈을 없애고 그 자리에 기계 장치를 넣는다는 거예요?"

당신의 얼굴에서 안구를 도려내고 그 퀭한 자리에 기계가 들어앉는 모습을 떠올리며 나는 목소리가 움츠러든다.

"영원히 병들지 않는 눈으로 바꾸는 거지."

당신은 영생의 욕망에 사로잡혔는가?

당신과 나는 삼십 년 넘는 결혼 생활 동안 아들 하나를 사이에 두고 비교적 원만하게 살아왔다. 인생의 젊음을 함께 누렸고, 흰머리가 늘어가고, 몸이 뜻대로 움직여지지 않는 과정을 엎치락뒤치락하며 함께 겪어 왔으니 어느 시점에서는 앞서거니 뒤서거니 하면서 죽음의 길로 함께 접어들 줄 알았다. 나는 당신에게서 당신의 욕망을 부추기는 김주원 박사의 그림자를 본다. 나는 당신과 김주원 박사를 떼어 놓고 싶다.

"과잉 진료 아니에요? 황반변성 증상을 치료하면 되지, 인공 눈으로 바꾼다고요? 지난번 장기 수술도 그러더니."

"여보, 내가 원해서 하는 거야. 과잉 진료는 무슨…."

"장기는 생체 장기니까, 부작용이 적다니까 그런다치고, 그 인공 눈이라는 것은 완전히 기계잖아요? 몸에다 기계를 이식한다고요?"

"내가 볼 수 있다는 것이 중요하지, 자신의 눈이든 인공 눈이든 무슨 상관이야?"

그런가? 볼 수 있다는 것이 중요하지. 그렇지만….

"아직 눈에 이상이 온 것도 아닌데…."

"병변을 미리 제거하고 건강하게 사는 삶을 선택하는 거야."

삼십 년이 넘는 세월 동안 당신과 나는 서로의 영역과 의견을 존중하며 살아왔다. 당신이 죽음을 경험하고, 노쇠에 진저리를 치며 '영원히 병들지 않는 눈'으로 바꾸겠다는데, 반대할 명분은 없는 것 같다. 그러나 당신의 육신이 땅에 묻혀 흩어질 때, 해골에 박힌 당신의 인공눈은 영겁을 응시하고 있는 건가?

S의 전화를 받은 건 당신이 인공 눈 수술을 받기 위해 병원에 들어가고, 나는 좌불안석의 시간을 보내고 있을 때였다. S는 가끔 부부 동반 식사도 했던 당신의 고등학교 동창이었다. 당신과 통화가 되지 않자, 나에게 연락을 취하는 모양이라고 생각했다.

"외람된 말씀이지만, 혹시 뇌 수술 후 부작용 같은 게 있었나요?"

안부 인사를 나누고 난 후, S는 그만한 친분은 된다고 생각했는지 다짜고짜 물었다.

"기억상실증이라도 생겼나요? 저를 잘 알아보지 못하더라고요?"

"알콜성 치매가 염려된다는 진단을 받기는 했습니다만, 아직까지는 뭐…"

"저런, 저런. 그래서 저를 몰라봤군요."

S는 당신이 치매 환자라는 말을 듣기라도 한 것처럼, 말투가 금방 동정적으로 변하더니 은밀해졌다.

"그렇다면 더욱, 오늘 전화 드린 게 잘한 일 같군요."

"네?"

"제가 세준이를 변호사 사무실에서 만났어요. 영무법인이라고…"

"변호사 사무실요?"

"대기실에 앉아 있는데, 세준이가 집무실에서 나오더라고요. 공증 뭐라고 하면서, 나와 눈이 마주쳤는데도 몰라봐요. 그때는 제 일이 바빠서 지나치긴 했는데, 생각할수록

꺼림칙해서요. 모르는 사람들과 함께 있는 것도 수상하고요."

"모르는 사람들요?"

"예. 세준이가 어울리는 사람들은 대략 제가 아는데, 생판 모르는 사람들이었어요. 감이 좋지 않네요. 치매라고 하니까 혹시…"

"네?"

"만에 하나, 유언장 공증인가 걱정도 되고. 너무 앞서간다 싶기도 하지만, 세준이 재산이 상당하잖아요. 세상이 하도 험하니, 꼭 한번 알아보세요."

"혹시 피부가 희고, 검은색 뿔테 안경 쓴 사람이 있던가요? 좀 마른 편이고, 키는 크고요."

"두 명이었는데, 한 사람이 그랬던 것 같기도 해요."

김주원 박사다. 도대체 당신은 김주원 박사와 무슨 일을 꾸미고 있는 건가?

"영무법인이에요. 동명동에 있는… 꼭 알아보세요."

S는 거듭 당부했다. 나는 전화를 끊고, 바로 영무법인이라는 데에 연락을 해보았으나, 개인 정보를 알려줄 수 없다는 답변만 받았다.

당신은 연회색 렌즈의 선글라스를 쓰고 돌아왔다. 선글라스를 벗자 당신의 눈은 그러니까, 카메라 렌즈처럼 보였다. 깜박임이 없이 영원히 응시하는 눈. 당신이 나를 바라보자 나는 비디오카메라로 찍히는 피사체처럼 느껴졌다.

"줌 기능도 있어. 20배 확대가 가능하지. 이제 나는 웬만큼 멀리 있는 것도 문제가 되지 않아."

당신은 과시하듯 베란다로 나가더니, 12층 아래를 내려다보았다.

"저기, 유모차 세우고 있는 여자 있잖아? 손수건으로 아이 얼굴을 닦아 주고 있어. 보라색 바탕에 딸기 무늬가 있는 가제 수건이야."

당신에게는 볼 수 있다는 눈의 기능만이 중요한가? 당신의 눈에는 표정이 없어졌다. 감정을 담아 타인과 소통할 수 있는 능력을 상실하고, 단지 멀리 볼 수 있다는 것만으로 그렇게 기쁜가?

나는 무의식중에 점점 당신의 눈에 띄지 않으려고 노력한다. 나의 사소한 몸짓 하나 하나가 확대되어 당신에게 관찰되는 게 무섭다. 당신은 점점 알 수 없는 인간이 되어 가는데, 나는 당신에게 점점 노출되고 간파되고 있는 것 같다.

"앗, 당신? 뭐하고 있는 거예요?"

나는 침대에서 벌떡 일어났다. 확 소름이 끼쳤다. 당신이 어둠 속에서 한 팔을 괴고 나를 들여다보고 있는 것이 아닌가.

"아, 아, 놀라지 마."

당신은 당황하며 침실등을 켰다.

"나는 캄캄해도 괜찮거든. 어둠 속에서도 다 보여."

당신은 한밤중에 20배 줌으로 나의 땀구멍이라도 관찰하고 있었다는 건가?

"그리고 굳이 눈을 감을 필요가 없어."

"잠을 자지 않아도 된다고요?"

"눈을 뜨고도 잘 수 있다는 이야기지."

"무서워요!"

나는 처음으로 당신에게 솔직해진다.

"왜? 눈을 감고 자지 않아서?"

"당신의 몸이 변해가는 것도 그렇지만, 당신이 무슨 생각을 하고 있는 건지도 도통 모르겠고…."

"인간에 대한 패러다임이 변하고 있는 시대에 우리가 살고 있는 거야. 나는 한발짝 앞서서 진화의 세계로 들어선 거고. 당신이 가진 가치 체계에서 조금만 자유로워지면 이해될 일인데 말이야."

"변호사 사무실에는 왜 간 거예요? 김주원 박사랑 갔다면서요?"

내가 넘겨짚자 당신은 흠칫 놀란다.

"S가 전화했어요. 변호사 사무실에서 당신을 봤는데, 집안에 무슨 일 생겼냐고요."

"S가 김 박사는 어떻게?"

"당신이 요즘 김 박사하고만 만나잖아요. 동행이 있었다기에 그이려니 했죠."

당신은 나를 똑바로 바라본다. 당신의 시선이 엑스레이처럼 나를 투시해 생각들을 샅샅이 훑고 있는 것 같다.

"당신도 알아두어야 할 것 같아 이야기하려고 했는데, 내가 가진 주식들을 전부 연구 재단에 기부하기로 했어."

나는 말문이 막혔다. 가족 간 유산 분쟁이 뉴스거리가 될 때마다 우리는 아들이 하나라 저런 문제는 없겠다고 웃었던 이가 당신 아니었는가?

"아무리 당신 재산이라고, 한마디 상의도 없이……"

분해서 눈물이 핑 돌았다. 주식이 당신의 재산이기는 하지만, 맞벌이를 했던 내가 생활비를 감당해 왔기 때문에 지속적으로 늘려올 수 있지 않았는가? 당신의 주식에는 나의 기여분이 있다. 당신 명의의 것이라고 당신 마음대로 처분하는 것은 아니지. 나는 짚이는 바를 묻기 위해 화를 참았다.

"그 연구재단이라는 데가 피에이치 크리에이터 맞죠?"

"피에이치 소속 연구재단 맞아."

"도대체 김주원 박사라는 사람의 정체가 뭐죠?"

나도 모르게 언성이 높아진다.

"당신은 왜 나도 모르게 주식을 그 사람 회사에 기부해야 하는 건데요?"

당신은 표정이 없는 눈으로 나를 들여다본다. 당신의 생각을 읽을 수 없는 눈에 더욱 화가 난다.

"김 박사는 나에게 생명의 은인이지. 인지 능력을 회복시켜 주었고, 새 몸을 만들어 주고 있잖아. 김 박사가 인류에 공헌하는 연구를 하는 데 재산을 기부할 수 있다는 것이 나는 기쁘다구."

재산의 사회 환원. 언젠가 당신과 나누었던 이야기다. 아들이 교수든 연구원이든 자기 분야에서 직업을 찾고 경제적으로 안정된다면, 재산의 일부는 공익재단에 기부하자고 했다. 그러나 아들은 아직 아무런 능력이 없지 않은가. 그런데 당신 마음대로 기부를 해버린다는 말인가? 뭐, 인류에 공헌하는 연구를 하는 데 기부할 수 있어 기쁘다고? 당신은 김주원 박사의 손에서 놀아나고 있는 것이다. 나는 당신 소유의 부동산들도 확인해 봐야겠다는 생각을 한다.

당신은 침실을 따로 쓰자는 나의 제안에 선선히 동의한다. 몸이 멀어지면 마음도 멀어지는 법이야. 당신은 아무리 화가 나더라도 부부가 잠자리는 함께 해야 한다고 주장했던 사람이었다. 말다툼을 하고 난 뒤, 내가 베개를 들고 나가는 일은 있어도, 당신은 침실에서 몸을 옮겨본 적이 없다. 새 침대를 주문하여 서재에 들이는 당신을 보니 몸의 연(緣)뿐만이 아니라 마음의 연까지 멀어지고 있는 것 같다.

당신도 본능적으로 나의 반발을 감지한 것 같다. 차를 한잔 함께 하자더니 당신의 재산 상황을 공개하겠다고 한다.

"주식은 기부했고, 시골집과 과수원은 처분해서 통장에

넣어두고 병원비로 쓰고 있어. 빌딩은 팔지 않을 생각이야. 고정수입이 있어야 하니까. 다달이 임대료가 나오니, 앞으로 생활비는 거기서 지출하지."

당신의 말에 등골이 서늘해졌다. 아니, 등골을 빼먹힌 것 같다. 지금껏 나는 우리가 경제 공동체라는 생각으로 살아왔다. 집안 살림은 내가 감당하고, 당신의 수입은 미래를 위해 저축을 하고 있다고 여겨왔다. 당신의 재산이 늘어나는 것은 우리의 재산이 늘어나는 것이며, 궁극적으로는 학문의 길을 걷는 아들에게 경제적 자유를 얻게 해주는 일이라고 믿어 왔다. 그런데 지금 당신은 마치 우리가 독립적으로 재산권을 행사하며 살아온 사람처럼 행동하고 있다. 당신 명의의 재산을 당신이 처분하는 데 법적 하자는 없다. 빌딩과 시골집과 과수원은 상속받은 재산이고, 주식은 빌딩의 임대 수입으로 구매했기 때문이다. 우리가 경제 공동체였다는 것은 나의 정의적 주장에 불과한 것이 되어 버렸다. 나는 치밀한 계획에 이용당하고 맨몸으로 내쳐진 사람처럼 소름이 돋는다. 나야말로 당신에게 사기를 당한 것 같다.

냉정해야 한다고 마음을 다잡는다. 이 시점에서 화를 내고 당신과 싸우는 건 나에게도 아들에게도 득이 되지 않는다. 당신이 빌딩을 처분하지 않도록 옆에서 지켜봐야 한다. 빌딩이 아들에게 상속될 수 있어야 한다.

"임대료로 생활비를 주겠다니, 그럼 카드를 하나 만들어 주세요."

나의 말을 화해의 제스처로 받아들인 양 당신은 바로 지갑을 열어 신용카드를 꺼내 준다.

"생활비는 당신이 정해서 쓰지만, 매월 일정한 수준으로 지출이 되었으면 좋겠어. 그래야 나도 계획을 세울 수 있으니까."

그러니까 당신은 계획이 있는 사람이었구나. 그런데 나는 왜 그동안 당신이 아무런 계획 없이 살고 있다고 착각하고 있었을까? 앞으로 내게 나오는 연금은 한 푼도 쓰지 않고 내 명의의 재산으로 모아가야겠다는 생각이 절실해졌다.

나는 당신의 젊음이 역겹다. 정확히 말하면 늙은 얼굴을 하고 젊은 몸을 과시하고 있는 게 거슬린다. 인공 장기와 인공 눈과 인공 관절로 젊은 몸인 척하는 게 그로테스크하게 느껴진다. 당신도 그것을 느끼는 모양이다. 이제는 인공 피부 이식을 하러 들어가겠다고 한다. 주름살과 늘어진 피부를 떼어내고 탄력 있는 피부로 바꾸겠다는 것이다. 젊은 얼굴로 바꿔 오겠다는 당신은 완전범죄를 꿈꾸는 사람처럼 보인다.

나는 '테세우스의 배'를 떠올린다. 아테네의 영웅 테세우스가 크레타의 괴물 미노타우루스를 죽이고 젊은이들을 구출하여 돌아왔을 때, 아테네 사람들은 이 승전의 배를 잘 보존하고 싶었다. 그들은 세월이 흘러 부식된 널빤지를 뜯어내고 새 목재로 교체해 가면서 이 배를 데메트리오스 팔레레우스의 시대까지 보존했다. 그런데 재료가 계속 교체되어 온 이 배를 그때의 '테세우스의 배'라고 말할 수 있을까? '테세우스의 배'라는 정체성은 어느 정도의 변모를 허용하는 것일까? 당신의 몸에 계속 당신이 아닌 것들이 끼어든다면, 당신은 언제까지 당신이라고 할 수 있을까?

당신은 20대 후반의 얼굴로 돌아왔다. 감정이 드러나지 않은 두 눈을 제외하면 당신과 내가 처음 사귀던 시절의 모습과 비슷하다. 청년이 된 당신, 아들과 함께 있으면 형제간이라고 하겠지. 나는 당신의 어머니처럼 보인다.

"피부 이식을 받은 김에, 콧볼도 좀 줄이고 콧날도 좀 세울까 하다가, 당신이 못 알아볼까 봐….”

당신은 너스레를 떤다. 젊어진 당신은 내 기분을 맞추려고 애를 쓰는 것 같다. 주름살 하나 없는 매끈한 피부, 순간 나도 세월을 거슬러 20대로 돌아갈 수 있었으면 싶다. 그러나 나의 피부도, 뼈와 장기도, 지력과 감성도 흐르는 시간과 함께 낡아 왔다. 그리고 그것이 나인 것이다. 나 아닌 존재가 되기 위해, 당신처럼 교체되어 가고 싶지 않다. 자연의 순리에 따르면 된다. 나의 유전자도 아들에게로, 그 아들에게로, 그 아들에게로 쪼개지다가 언젠가는 소멸되겠지.

당신은 피에이치 크리에이터에 입사하기로 했다고 한다.

“당신 나이에 회사원이 되겠다고요? 김 박사가 뽑아준대요?”

당신의 주식을 몽땅 삼키고 나중에라도 문제가 생길까 봐 미리 회유책이라도 쓰는 건가? 당신을 옆에 두고 남은 건물까지 노리려는 건가?

“그리고 당신이 그 방면에 무슨 지식이 있다고…”

당신은 나의 반응을 녹화라도 하는 것처럼 바라본다.

“나를 봐. 몸도 마음도 20대야. 뭐든 시작해도 되는 때지.”

샤워를 하고, 팬티와 러닝셔츠만 걸친 채 물을 털고 나오는 당신의 젊은 몸은 눈부시다. 당신의 매끈한 팔꿈치를 훔쳐보며, 피부 이식 기술의 정교함에 나는 감탄한다. 당신은 테스토스테론 주사라도 맞고 있는 건가? 당신에게서 젊은 남자를 느끼며 나는 당황한다.

당신이 뇌수막염으로 쓰러지기 전, 우리는 가끔 장을 보러 대형마트에 함께 갔다. 당신은 애초에 장보기에는 관심이 없었으므로 물건을 고르고 계산을 하는 것은 나의 몫이었다. 카트를 밀고 느릿느릿 나를 따라다니는 당신은 황지우의 시에 등장하는 "완전히 늙어서 편안해진 가죽부대를 걸치고" 있는 사람이었다. 그러나 젊어진 당신의 주위에는 경쾌함이 떠돈다. 당신은 젊어지면서 취향이라는 것도 생긴 모양이다. 카트의 절반은 당신이 채운 낯선 브랜드의 식품들이다. 셀프계산대에 가서 식품의 바코드를 들이대고 간단히 계산을 끝내는 모습도 나를 놀라게 한다. 당신은 아무리 시간이 걸려도 직원이 있는 계산대에 가서 줄을 서던 사람이었다.

카트를 밀고 다니는 여자들의 눈길이 잠깐씩 당신에게 머문다. 당신은 여자들의 시선을 즐기는 것 같다. 여자들의 눈길은 잽싸게 나를 훑고 지나간다. 젊은 남자를 데리고 사는 여자로 보는 것 같지는 않다. 여자들의 눈빛은 호기심을 잃는다.

"아이구, 잘생긴 아드님이 여기 계셨네?"

주차장에서 당신이 트렁크를 열고 짐을 싣는데 어떤 여자가 아는 체를 한다.

"아드님이 여자 친구 없으면, 사위 삼고 싶네요."

여자의 너스레를 못 들은 척, 나는 빈 카트를 보관대로 밀고 간다. 당신도 여자의 말이 거북했던 모양이다. 내가 돌아오자 위로하듯 어깨를 약간 안으며 운전석 옆자리의 문을 열어 준다. 아, 단단한 팔 근육이 주는 이물감!

내게 있어서 당신은 당신의 '늙어서 편안해진 몸'이었다. 당신 몸에 붙어 가던 나잇살, 닳아지던 턱선, 희어지고 성글어지던 머리칼, 검버섯이 하나둘 피기 시작하던 이마, 점점 깊어지던 미간의 세로주름, 안경 코받침에 눌려 패여 가는 것처럼 느껴지던 콧등의 안쪽 자국, 어느 날 갑자기 생긴 목 주변의 물사마귀…… 당신과 한 지붕을 두고 살면서, 같은 음식을 먹고, 생각을 나누고, 함께 웃고, 때로 다투고,

서로 같고 다른 고민을 하면서, 함께 한 시간의 풍화작용을 고스란히 안고 있는 몸이 당신이었다. 당신의 몸은 당신이 아닌데, 그럼 당신은 당신의 의식으로 존재하는 건가?

사실 당신의 의식도 예전의 당신과 같다고 할 수 없다. 당신은 갑자기 과학기술의 맹신자로 변해 버렸다. '인간 향상'이라면서 자신의 몸을 과감히 낯선 인간들의 실험 도구로 내어주고 있다. 사이비 종교에 사로잡힌 사람 같다. 몸에 대한 과도한 관심, 적극성, 결단력, 탐구심…… 예전에는 당신에게 없었던 정신적 자질이었다. 그리고 새로운 음식 취향까지. '테세우스의 배'에 대한 의문은 당신의 몸뿐만 아니라 당신의 의식에도 해당되는 것 같다. 지금 당신의 몸과 마음에는 원래의 당신이었던 영육의 소재가 얼마나 남아 있는가? 아무리 생각해도 당신은 당신일 수 없다.

젊은 당신은 점점 징그러워진다. 당신은 자신의 젊음을 과신한다. 내가 당신의 젊음에 매료됐다고 생각하는 것 같다. 당신은 내게 슬쩍슬쩍 스킨십을 시도한다. 당신의 손이 어깨나 허리를 스치고 지나갈 때, 나는 흠칫흠칫 놀란다. 언젠가는 드라이어로 머리를 말리는데, 당신이 뒤에서 안는 바람에 심장이 멎을 뻔한 적도 있다. 당신의 인조 피부,

인공 관절, 인공 장기가 한꺼번에 내 살을 관통하여 내게 부딪는 것 같다. 나는 당신과 헤어지는 것도 생각해 본다. 아들을 위해 당신의 빌딩을 지키면서 살아보려 했으나, 당신이 아들보다 오래 살 것 같으니 부질없는 일이 될 것 같다.

내가 못 알아볼까 봐 그대로 두었다는 당신의 콧볼과 콧날에 대해서도 생각해 본다. 당신은 젊은 여성들의 눈길을 끌게 되었다. 당신이 출근하고 있는 피에이치 크리에이터에서 당신은 뭇 여성들에게 인기 있는 신입사원일지도 모른다. 당신은 재산도 있다. 당신이 나를 떠나는 게 자연스러울 수도 있다. 그런데도 당신은 나와 잘해 보려고 애쓰는 것 같다. 당신이 인간이 아닌 존재가 되어 가고 있다는 비밀을 공유하고 있기 때문에? 아니면 당신에게 아직 당신의 일부가 남아 있기 때문에?

"네, 그렇습니다만…, 네? 뭐라고요? 다시 한번 말씀해… 어디라고요? 네, 네."

전화를 받는 당신의 목소리가 심상치 않아 나는 거실로 나왔다. 당신은 핼쓱해진 얼굴로 말을 더듬었다.

"현승이가, 현승이가 교통사고 났대…"

"많이 다쳤대요?"

"S병원 응급실로 갔대. 어서 가자구!"

입던 옷 그대로 핸드백만 챙겨 나오는데, 당신은 허둥거리며 자동차 키를 찾고 있었다. 불길한 예감에 가슴을 조리는 중에도 아들의 소식에 초조해 하는 당신의 모습은 위안이 되었다.

"여보, 차라리 택시를 부를까요? 그게 더 빠르고 안전할 것 같아요."

불안해 하는 나의 목소리에 당신은 정신이 돌아온 것 같다. 침착해지면서, 젊은 남자의 모습을 회복한다.

"나는 괜찮아. 빨리 가자구."

S병원까지는 승용차로 두 시간 길이었다. 늦은 시간이라 교통이 혼잡하지는 않았지만, 신호등에 걸릴 때마다 식은 땀이 났다.

"얼마나 다친 거래요?"

"삼중 추돌사고라고 하는데, 호흡은 확인된 상태에서 실려 갔다는 게, 심하게 다친 모양이야."

그리고 당신과 나는 말 한마디 섞지 않고 S병원까지 달렸다. 아들이 어떤 상태일지 말을 나누면 그대로 현실이 되어 버릴까 봐 두려웠다. 당신은 교차로의 황색 신호등은 무시하기도 하고, 차선을 바꿔 끼어들기도 하면서 속도를 높였다. 예전의 당신이라면 있을 수 없는 과감한 운전에, 나는 당신과 부모로서의 일체감을 느꼈다. 당신이 어떤 모습을 하고 있든 아들의 아버지임에는 틀림없는 것이다.

아들은 이미 수술실에 들어가 있었고, 일곱 시간에 걸친 수술을 받았다. 수술 자체는 성공적이었으며, 의료진으로서는 최선을 다했다는 담당 의사의 설명이 있었다. 중환자실로 옮겨진 아들은 온몸이 붕대에 감긴 채 각종 기계에 연결된 튜브를 달고 있었다. 기관에 삽관된 인공호흡기와 그래프가 오르락내리락하는 심전도 모니터를 보니 내 폐와 심장이 터질 것 같았다. 이대로 아들을 잃을 수도 있다는 공포감이 스멀스멀 밀려왔다. 아들의 팔과 다리에 부목이 대어진 것은 나중에야 발견했다.

아들이 Y시에 간 것은 심사위원 중의 한 사람에게 자신의 박사학위청구 논문을 전달하기 위해서였다. 다섯 명의 심사위원 중, 퇴임한 은사가 있어서 직접 그의 집을 방문하기로 한 것이었다. 오랜만에 만난 은사가 저녁을 들고 가라고 권하는 바람에 늦어졌던 모양이다. 심사를 받고 수정과 보완의 수순을 밟아야 하겠지만, 일단 논문을 완성해서 심사의 단계에 들어선 아들은 얼마나 후련했을까? 좋아하는 음악을 들으며, 느긋한 마음으로 운전대를 잡고 있었으리라. 그런데 혈중알콜농도 0.149의 음주 운전자가 과속으로 아들의 차를 들이받은 것이다. 아들의 차는 중앙선을 넘고, 반대편 차로에서 질주하던 차량 두 대와 연거푸 충돌했고, 아들의 몸은 튕겨져 나와 도로에 널브러졌다. 목격자와 블랙박스가 확보되었고, 아들의 핸드폰 통화 내역도 추적되었다. 경찰서에 가서 담당조사관을 만나고 온 당신의 이야기였다.

보름이 지나도록 아들의 상태는 좋아지지 않았다. 하루에 두 번씩 중환자실에 들어가 아들의 옆에 앉았다가 나오는 것뿐 내가 할 수 있는 일은 없었다. 중환자실에 들어갈 때마다 아들이 호전되었기를 바라며 문을 열지만, 아들 옆에 앉아 있으면 아들이 이대로 식물인간이 되어 버리는 것은 아닌지, 맥박과 호흡이 잦아들고 있는 것은 아닌지 조바심이 났다.

"이대로 현승이를 잃을 수는 없어."

저녁 면회 시간에 맞춰, 아들을 보고 함께 집으로 돌아오는 차 안에서 당신은 입을 열었다.

"당신만 괜찮으면, 현승이를 우리 회사 병원으로 옮기고 싶어."

"현승이를 살릴 수 있을까요? 회사 병원 의료진이 더 낫겠지요?"

나는 허둥거렸다. 붙잡을 수 있는 것이라면 뭐든지 붙잡고 싶었다.

"지금 현승이의 몸은 장기와 뼈가 온전한 게 없어. 인공호흡기로 간신히 생명을 붙잡아둔 상태라고. 언제 숨을 거둘지 몰라."

"그러니까, 어떻게든 해봐요. 인공 장기든 뭐든…"

"인공 장기와 인공 관절도, 일단은 몸 상태가 온전해야 가능한 거야."

"그럼, 뭐…"

걷잡을 수 없이 눈물이 쏟아졌다. 당신이 병원을 옮긴다기에 희망이 있는 줄 알았다.

"다른 방법으로 살릴 수는 있지."

신호등에 걸리자, 당신은 감정 없는 눈으로 나를 살폈다.

"현승이의 뇌를 컴퓨터에 업로드해 두면 어떨까?"

나는 기가 막혀 말을 잃었다. 「트랜센던스」라는 영화가 떠올랐다. 과학자의 뇌가 업로드된 슈퍼컴퓨터가 세상을 장악한다는 내용이었다. 당신은 하나뿐인 아들마저 미친 과학자들의 실험 도구로 삼을 생각을 한단 말인가? 아들의 뇌가 기억과 정보로 환원되어 영원히 잠들지 못하고 컴퓨터 안에서 떠돌게 된다는 것은 상상만 해도 끔찍했다.

"꿈도 꾸지 마세요. 절대 안 돼요. 당신이나 기계가 되든 말든 마음대로 하세요. 현승이는 절대 안 돼요. 죽었으면 죽었지."

아들이 죽는다는 말을 뱉고 보니 또 눈물이 쏟아졌다. 가슴이 미어지고 미어졌다.

"인간이라고 하는 게 뭐야? 그 사람이 가진 기억과 정보 아닌가? 현승이가 그대로 살아남는 거야."

"그럴 순 없어요. 컴퓨터에 현승이의 기억과 정보가 들어 있다고 해서, 컴퓨터가 현승이가 되는 건 아니잖아요."

당신은 잠자코 있다가 녹색 신호등을 받으며 다시 말을 꺼냈다.

"기다리는 거야. 적당한 몸을 찾을 때까지."

"뭐라고요?"

"현승이의 뇌는 젊으니까, 어떤 몸에 들어가도 활성화되기가 쉽지."

당신은 더 이상 입을 열지 않는다. 안전벨트가 온몸을 옥죄어 온다. 나는 공포 영화 속에 갇힌 것 같다.

당신은 누구인가? 당신의 몸에 들어가 있는 당신은 누구인가…….

(『문학들』, 2021년 봄호)

너의 경우

나는 가벼운 흥분을 느꼈다. 네가 쓰려고 하는 소설의 아우트라인이 화면 위로 떠올랐기 때문이다. 수강생들이 자기 작품의 아우트라인을 피티로 발표하고 동료들로부터 피드백을 받는 시간이다.

"제 자신을 정리해 보고 싶어서요."

강의 첫날, '나는 왜 소설을 쓰려 하는가'라는 주제로 수강생들이 돌아가며 이야기를 할 때, 너는 이렇게 말했다.

작가들은 왜 소설을 쓰는 것일까? 자신의 이야기를 나누고 싶어서일 것이다. 자신이 발견한 삶에 대한 이해, 인간이란 이런 존재이며, 산다는 것은 이런 것이다 하는 것을 다른 사람들과 나누고 싶어서 소설을 쓰지 않을까? 또 어떤 작가는 '왜?'라는 의문으로 이야기를 시작해서 최대한의 설득력으로 그 의문을 풀어가는 재미 때문에 소설을 쓰기도 할 것이다.

그리고 또 어떤 작가는 자신의 삶을 해석하고 받아들이기 위해서 소설을 쓰기도 한다. 자신의 삶을 통합하기 위해서, 자신의 삶에 깃든 어둡고 모호한 어떤 지점을 해명하려고 소설을 쓰는 것이다. 네가 쓰려고 하는 소설은 아마도 세 번째 유형의 것일 테고, 나는 너의 소설 쓰기를 격려하고 싶다. 지난 학기에 '안'이라는 학생도 자신의 트라우마를 극복하기 위한 소설을 썼고, 그것은 성공적이었다.

너의 시선을 따라 네 소설의 아우트라인을 읽어 본다.

1. 희영은 들길을 따라 혼자 하교를 한다.

2. 언제부터인가 같은 반 남학생이 뒤따라 다니는 것을 알게 된다.

3. 같은 반이지만 동네가 달라 잘 알지는 못하는 남학생이다.

4. 어느날, 희영은 하교길에 불량배를 만난다.

5. 불량배들이 희영을 에워싸고 놀려대는데, 남학생이 뛰어 온다.

6. 불량배들과 남학생의 싸움이 벌어진다.

7. 희영은 무서워서 도망친다.

8. 남학생은 다음날부터 학교에 나오지 않았다.

"여기까지밖에 생각을 못했어요. 학우 여러분들의 조언을 듣고 진행하려고 합니다."

스크린을 띄워 놓고 머뭇거리던 너는 비로소 입을 연다. 아마도 네가 꺼내지 못하고 있는 뒷이야기가 네가 써내야 할 이야기일 것이다.

"희영은 왜 경찰에 신고하지 않았어요?"

한 학생이 손을 들고 질문을 한다.

"…… 무서워서요."

"자기 때문에 반 친구가 폭행을 당하는데 무서워서 신고하지 않았다고요?"

"…… "

너는 당황한 기색이 역력하다. 초보 작가들이 가끔 벌이는 윤리 공방이 되기 전에 나는 얼른 개입한다.

"그래서 이 소설에서는 희영의 심리 묘사가 중요합니다. 왜 경찰에 신고하지 않았는지, 희영의 두려움을 독자들에게 납득시킬 수 있어야 하거든요."

다른 학생이 손을 든다.

"그런데, 아직 완결되지 않은 상태이긴 하지만, 이 소설의 주제는 뭐예요?"

"주제는…"

너는 또 머뭇거린다. 네 안에서 차단되고 억눌려 왔던 이야기를 밖으로 끄집어내기로 마음먹기까지도 힘들었을 것이다.

"주제는 죄책감이 되어야 할 것 같은데요?"

이번에는 앞자리에 앉아, 뭔가를 골똘히 생각하고 있던 학생이다.

"네? 죄책감요……."

"죄책감이 주제가 되려면, 남학생이 많이 다쳐야 할 것 같아요. 병원에 입원할 정도로… 두려움과 죄책감 사이에서 갈등을 하다가, 경찰에 신고하고 병원을 찾아가면 어떨까요?"

오오…….

앞자리의 의견이 그럴듯하게 느껴졌는지 학생들 사이에서 탄성이 흘러나온다. 너는 왜 경찰에 신고하지 않았을까? 무엇이 두려웠던 것일까?

"작가는 자신의 주인공을 최대한 괴롭힐 수 있는 상황을 만들어 내야 해요. 그래야 갈등이 극대화되거든요. 희영이가 신고할 수 없었던 이유가 무엇 때문이라고 하면 좋을까요? 보복에 대한 두려움? 아니면 성적 수치심?"

나는 넌지시 소설이 허구의 장르라는 것을 암시하며 네가 용기를 얻기를 기대한다. 지금은 소설창작 수업 시간이고, 이 수업의 결과물은 소설이다. 글쓰기 동료들은 네가 쓴 글이 허구라는 전제 안에서 받아들인다. 그러니까 너는 네 영혼을 솔직하게 들여다보아도 된다. 솔직하면 솔직할수록 너는 네가 붙들려 있는 시간에서 풀려날 가능성이 높아진다.

"단순히 보복에 대한 두려움 때문에 신고하지 않았다면, 개연성이 더 떨어질 것 같아요. 성폭행을 당할 뻔했다가 도망쳤다고 하면 어떨까요? 그러면 너무 놀라고 무서워서 신고할 겨를이 없었다거나 하는 것도 납득이 되잖아요."

긴 머리를 뒤통수에 야무지게 말아 올린 여학생이 제안을 하자 또 다시 오오… 하는 탄성이 인다. 한 학생이 장난스럽게 탄성의 끝머리를 ㄹ자로 발음하자 웃음이 함께 터진다. 오올, 괜찮은데.

너는 피식 웃는다. 네가 겪은 어떤 일을 소설로서 받아들이고 개연성을 논하는 동료들의 반응은 확실히 네가 감당해야 할 글감의 무게를 덜어주는 듯하다.

"어떤 선택을 하든, 주인공의 두려움을 독자가 이해할 수 있도록 써 보세요. 주인공에게 벌어진 상황을 구체적으로 묘사하고, 주인공이 느끼는 감정도 면밀하게 그려 보세요. 이야기의 진실성을 최대한 담보하려면, 디테일이 최곱니다."

나는 소설의 진실성이라고 하는 게 사실이냐 아니냐의 문제가 아니라 이야기의 논리성과 통일성의 문제라는 것을 강조한다. 너는 소설의 기법이라고 생각하며, 네게 일어난 일을 잘 인화된 사진처럼 풍부한 세부 사항으로 그려내야 한다. 기억의 내용을 검열하지 말고, 그 일이 언제, 어디서, 어떻게 일어났는지, 그리고 그때 너의 느낌은 어떠했는지를 세세히 묘사해야 한다.

그러나 너는 초고 소설 마감을 일주일 앞두고 연구실을 찾아왔다.

"쓸 말이 없어서요. 단편소설 분량을 못 채우겠어요."

너는 A4 용지 한 장을 내민다.

제목 미정

언제부터인가 희영은 자신의 뒷태에 신경을 쓰게 되었다. 학교에 가기 전, 집에서 거울을 볼 때도 그렇지만, 하교하기 전 화장실에 들러 비스듬히 자신의 뒷모습을 거울에 비추어 보는 것이 습관이 되다시피 했다.

늘 뒷자리에 앉기 때문에 한 교실에서도 별로 마주칠 일이 없는 K가 하교길의 동행이 된 것은 같은 반이 된 이후였다. 아니, 언제부터인지는 확실하지 않다. 같은 반이 된 이후로 K와 하교길이 겹친다는 것을 알게 되었으니까. 사실 K는 거리를 두고 멀찍이서 따라 오는 것이기 때문에 '동행'이라고 하기는 어렵지만, 희영의 마음 속엔 어느새 K가 하교길의 동반자로 자리잡게 되었다. 희영이 보는 거울 안에는 K의 눈으로 바라보는 자신의 뒷모습이 있는 것이다.

읍내를 벗어나서 신작로를 한참 걷다 보면 희영의 마을 쪽으로 난 산자락길이 보인다. 신작로를 따라 가도 되지만, 산자락길이 지름길이라 희영은 웬만큼 비가 오는 날을 제외하고 논길을 가로질러 그 길을 오갔다. 인적이 드문 길이라, K가 뒤따라오고 있다는 것이 처음에는 부담스러웠는데, 이제는 오히려 든든했다. 희영이 동네 쪽으로 접어들면, K는 동네 뒤쪽을 돌아 다시 신작로로 나가는 것 같았다. K가 희영을 뒤따라 걷는 것은, 아마도 자기 동네로 가는 지름길이기 때문이겠지만, 희영은 이런 상상을 하기도 했다. 갑자기 가방 안의 핸드폰이 울린다. 모르는 번호다. 핸드폰 속의 목소리가 말한다. 김희영, 뒤를 돌아봐. 희영이 돌아서니 멀리서 K가 핸드폰을 흔들어 보인다. 물론 그런 일은 일어나지 않았다.

그날은 기말고사가 끝난 날이라 대청소를 하고 하교를 했다. 들판은 제법 알곡의 형태를 갖춘 벼들로 푸르렀다. 비가 내리기 시작했고, 옷이 조금씩 젖고 있었다. 희영의 동네로 가는 산자락길 모퉁이에는 정자가 하나 있었다. 모내기철에는 사람들이 새참도 먹고 낮잠도 자는 곳이었다.

정자를 지나는데, 모르는 남자애들이 떠들어 대고 있었다. 기분이 좋지 않아 빨리 지나치려는데 한 애가 나와서 길을 막았다. 희영이 도망치려고 하자 다른 남자애들이 나와서 희영을 끌고 정자로 들어갔다. 그때, 김희영! 김희영! 하고 부르는 K의 목소리가 들렸다.

"저 새끼는 뭐야?"

남자애들이 우르르 내려갔다. K를 둘러싸고 싸움이 벌어졌다. 희영은 미친 듯이 도망쳤다. 희영이 동네에 들어서기까지 빗소리밖에 들리지 않았다. 희영은 너무나 무서워서 방에 들어서자마자 이불을 뒤집어쓰고 울다가 잠이 들었다.

다음날, 학교에 갔는데, K는 결석을 했다. 그 다음날도, 그 다음날도.

그리고 여름방학이 되었다. 여름방학이 끝났는데도 K는 돌아오지 않았다.

"도입부가 좋은데? 독자를 궁금하게 하잖아."

칭찬을 듣자 너의 표정은 조금 밝아진다.

"희영이 보는 거울 안에는 K의 눈으로 바라보는 자신의 모습이 있었다, 이런 표현도 참 좋네…."

너는 테이블 쪽으로 의자를 가까이 끌어당기며 대화에 관심을 표한다.

"전반부의 호흡을 유지하면서 글쓰기가 진행되었으면 좋겠는데, 네 번째 단락부터는 호흡이 갑자기 빨라지잖아. 사건이 급작스럽게 전개되면서 희영의 심리 묘사도 없어지고…."

산자락길 모퉁이에 있는 정자. 네 마음이 갇혀 있는 곳은 아마도 이곳인 듯하다. 너는 네 마음을 해방시키고 싶으면서도 한편으로는 겁이 난다. 그래서 그곳을 그냥 훌쩍 지나쳐 버리려 하는 것 같다.

"이 소설에서 가장 핵심이 되는 사건이 정자에서 일어난 일이잖아? 사건이 일어나는 과정이 좀더 구체적으로, 치밀하게 그려졌으면 좋겠어. 그 일을 겪는 희영의 심리도 세세히 묘사되고."

너는 네 경험의 관찰자가 되어, 그날 일어났던 일과, 그날 네가 느꼈던 감정들을 면밀하게 되살려낼 수 있어야 한다. 이야기가 인과의 틀을 갖추어 완성될 때, 너도 네 이야기에서 풀려날 수 있을 것이다. 지난 학기, 안은 이 과정의 유효성을 입증했다. 안은 어머니와의 관계에서 상처를 입고 방황하던 아이였다. 안이 제출한 초고 소설의 내용은 대략 이러했다.

나는 나의 십 년 인생이 무너져 내리는 것을 느꼈다. 억울하고 분했다. 어떻게 엄마가 내게 그럴 수가 있을까? "작작 좀 해라. 정말 지긋지긋하다." 엄마의 말은 비수처럼 내 마음을 찔렀다. 나는 지난 십 년 동안 내 삶을 바쳐 엄마를 지켜왔다. 엄마를 지키느라 학교 생활도 정상적으로 하지 못했다. 나는 제대로 된 친구조차 없다.

내가 초등학교 3학년 때 엄마는 바람을 피웠다. 엄마의 뺨을 때리고, 발로 차면서 악을 쓰던 아빠는 엄마를 질질 끌고 아파트 옥상으로 올라갔다. 나와 동생은 울면서 따라갔다. "뛰어 내려! 네 년이 사람 같으면 뛰어 내려!" 아빠는 엄마를 난간 쪽으로 떠밀었다. 엄마는 난간 위로 올라가려 했다. 동생과 내가 엄마의 양쪽 다리를 하나씩 잡고 울고불고

매달리지 않았다면 엄마는 옥상에서 몸을 날렸을 것이다.

지옥 같은 날들이 계속되었다. 아빠가 집에 있는 때면 늘 불안했다. 엄마의 긴 머리채를 가위로 싹둑 잘라버린 사람도 아빠였다. TV를 보다가 갑자기 리모콘을 집어 던졌고, 담배를 피우다가 부르르 엄마에게 달려가 발길질을 하기도 했다. 아빠가 엄마에게 폭력을 행사할 때마다 나는 온몸으로 막아냈다. 나는 엄마를 아빠로부터 보호해야 했고, 넋 놓고 앉아 있는 엄마 대신 동생을 돌봐야 했다. 초등학교 3학년 때부터 대학 신입생이 되어서까지 내 마음은 늘 집에 붙들려 있었다. 아빠가 퇴근하기 전, 먼저 가서 집을 지키고 있어야 안심이 됐다. 심지어 집에서 멀리 떨어진 시험장에서 수능을 보게 되었을 때는, 아빠보다 늦게 집에 도착할까 봐 마지막 시험을 망치기까지 했다.

그런데 어느 날, 집에 갔더니 아빠 방에서 엄마가 웃으면서 나왔다. 아빠가 먼저 와 있었던 것이다. 왠지 불길했다. "무슨 일이야, 엄마?" 나는 엄마의 손목을 잡았다. 엄마는 짜증스러운 얼굴로 내 손을 뿌리쳤다. 그리고는 이렇게 말하는 것이었다. "작작 좀 해라. 정말 지긋지긋하다."

마치 내가 당신들 사이를 방해하고 있다는 듯이 들렸다. 나는 와락 배신감이 들었다. 내 인생은 무엇이었다는 말인가?

안의 초고소설을 읽은 동료 학생들의 피드백은 다음과

같은 것들이었다.

—아무래도 저는 남자의 입장에서 소설을 읽게 됐는데요. 엄마가 바람을 피웠으면, 아빠의 분노는 이해할 만한 것 아닐까요? 가정 파탄의 책임은 엄마에게 있는데, 왜 주인공은 엄마 편만 드는 거죠?

—주인공은 왜 그렇게 필사적으로 엄마를 지키려 했을까요? 물론 엄마니까 그랬겠지요. 그렇지만 초등학생인데, 철없는 아이가 사력을 다해 엄마를 보호하려 했던 이유가 좀더 명확히 제시됐으면 좋겠어요.

—아빠 방에서 엄마가 웃으면서 나왔다는 것이 너무 급작스러워요. 복선이 필요한 것 같습니다.

—일인칭 주인공 시점으로 쓰니까 이야기가 너무 감정적이 된 것 같습니다. 삼인칭 소설로 바꿔 보면 어떨까요?

—현재의 '나'가 과거의 '나'를 회상하면서 써도 좋을 것 같아요. 현재의 성숙한 시선으로 과거 사건의 의미를 돌이켜 볼 수 있지 않을까요?

안은 동료들의 피드백을 전폭적으로 수용해 인과의 틀이 확실해진 서사를 완성했다. '현재의 나'가 서술자가 되어 '과거의 나'가 겪었던 사건과 감정들을 성찰해 보는 소설을 써낸 것이다. 초고에서는 없었던 이야기가 덧붙여져 있었다.

내 유년의 행복했던 기억 속에서 엄마와 나와 동생은 완벽한 가족이었다. 엄마는 유모차를 밀고, 나는 엄마 옆에서 재잘거리며 어디든 함께 갔다. 우리는 어린이 도서관에도 갔고, 대형마트에도 갔고, 놀이공원에도 갔다.

어린이 도서관에서 내가 동화책을 볼 때면, 엄마는 동생과 레고를 가지고 놀았다. 동생이 나를 방해할까 봐 내게 등을 돌리고 앉아 동생의 시선으로부터 나를 차단했다. 창문이 넓어 햇볕이 잘 들어왔던 유아방에서의 시간은 아늑했다. 가끔 고개를 돌리면, 베이지색 스웨터를 입은 엄마의 포근하고 다정한 등이 보였다. 어쩌다 동생이 잠이라도 들라치면, 엄마는 도서관에서 제공하는 담요를 동생에게 덮어주고, 살금살금 내게 왔다. 엄마가 나를 무릎에 앉히고 조용조용 동화책을 읽어주는 일은, 엄마와 단둘이 치르는 비밀 의식처럼 즐거웠다.

마트에서 엄마는 동생을 쇼핑카트의 좌석에 앉히고 카트를 밀고 다녔기 때문에, 물건을 골라서 집어넣는 것은 내 몫이었다. 대개는 엄마가 가리키는 물건들을 샀지만, 오렌지나 파프리카나 감자처럼 매대에 쌓여 있는 과일이나 채소를 골라 비닐 봉투에 넣는 일은 내가 했다. 과일과 채소를 고르고, 마트의 직원들에게 무게를 달게 해서 가격표를 부여받기까지의 과정은 어린 내게 무척 중요한 작업처럼 여겨졌다.

놀이공원에 가는 것은 순전히 나를 위한 축제였다. 동생이 탈 수 있는 것은 패밀리열차밖에 없었기 때문이다. 나는 꼬마비행기나 회전목마를 혼자 탈 수 있었다. 가끔은 언니들이나 오빠들 사이에 끼어 앉아 스타워즈나 미니바이킹 같은 것들도 탔다. 엄마는 나를 지켜보고 있다가 내가 놀이기구를 타고 엄마의 눈앞을 지나갈 때마다, "언니다, 언니!" 하면서 동생과 함께 손을 흔들어 주었다. 놀이공원에서 나는 엄마와 동생에게 영웅처럼 대접받았다.

안은 외항선을 탔던 아빠가 귀국하던 날, 자신이 느꼈던 소외감에 대해서도 자세히 서술했다. 학교에서 돌아올 때면, 아파트 베란다에서 손을 흔들며 반겨주던 엄마와 동생이 보이지 않았다. 시끌거리는 현관 앞에 도착했을 때야, 아빠가 돌아오는 날이라는 생각이 났다. 음식상이 차려지고, 할머니, 삼촌, 고모들이 북적대는 거실에서, 아빠는 동생을 안고, 엄마와 함께 허허대고 있었다. 괜히 머쓱해서 자신의 방으로 들어와 버렸다. 엄마가 부르는 소리가 들렸다. 아빠야, 아빠, 하도 오랜만에 보니 아빠를 보니 재가 부끄럼을 타나 봐. 엄마의 들뜬 목소리가 괜히 서러워서 눈물이 핑 돌았다는 것이다.

안은 소설을 통해 자신의 작은 천국에 갑자기 나타난 아빠를 침입자로 느꼈던 심정을 묘사했다. 엄마의 동반자이며, 가족의 수호자라고 느끼고 있었던 어린 자신을 돌아보면서, 엄마에 대한 집착과 아빠에 대한 적대감을 이해했다. 안의 소설에서 결말은 한 장의 사진으로 마무리되었다.

바람이 몹시 부는 날, 오동도 다리에서 찍은 사진이었다. 목도리로 머리와 귀를 감싼 엄마가 바람에 이마를 환히 드러낸 채 웃고 있었고, 하늘을 향해 짧은 머리칼이 쭈뼛거리고 있는 아빠도 웃고 있었다. 아빠는 코트 자락을 펼쳐 엄마의 어깨를 싸안고 있었는데, 목도리를 칭칭 두른 나는 그 두 사람 사이에서 손가락 두 개를 벌려 브이 자를 그리고 있었다.

아빠가 입은 코트, 회색 후드티 위에 걸친 그 검정색 벤치코트가 그날의 기억을 생생히 불러왔다. 오동도에 들어갈 때는 관광열차를 탔는데, 나올 때는 걸어서 다리를 건너야 했다. 엄마나 아빠 중에서 누가 방파제 길을 걷고 싶다고 했던 것 같다. 세찬 바람 때문에 나는 날아갈 것만 같아 무서웠는데, 아빠가 나를 코트 안에 품었다. 코트 안은 몽실몽실한 기모와 아빠의 체온으로 답답했지만 따뜻했다. 나는 아빠의 코트 안에서 안전함을 느꼈다.

아빠가 집에 돌아온 날, 아빠의 벤치코트도 함께 왔을 것이다. 그리고 아빠는 그 코트로 엄마와 나와 동생의 바람막이가 되려 했겠지. 그 코트 안에서 우리는 가족이었던 것이다.

안은 소설을 완성하면서, 자신에게 일어났던 일과 자신이 느꼈던 감정을 이해했다. 엄마의 수호자 노릇을 그만두고, 아빠에 대한 적대감에서도 해방됐을 안은 자신의 비쩍 마른 몸에서도 풀려났다. 한 학기가 지난 뒤, 캠퍼스에서 우연히 만난 안은 거식증 환자 같았던 예전의 모습이 아니었다. 그녀는 스무살 주변의 풋풋함을 풍기는 평범한 학생이 되어 있었다. 나는 네가 글로써 완벽하게 전달되는 일관성 있는 스토리를 완성함으로써 안이 걸었던 치유의 길을 밟아갔으면 한다.

네가 소설창작 카페에 올린 초고 소설의 내용은 내게 내밀었던 A4 한 장짜리에는 없었던 이야기가 제법 구체적으로 묘사되어 있었다.

그날은 기말고사가 끝난 날이라 대청소가 있었다. 희영이 유리창을 닦는데, 운동장에서 특별구역 청소 담당인 아이들이 어슬렁거리는 모습이 보였다. K도 있었다. 요즘 K는 밋밋한 풍경의 돌출된 부위처럼 희영의 눈에 자주 띄었다. 희영은 K와 그 무리들이 철봉 근처의 화단을 정리하지 않고, 잡담을 하며 놀고 있다가 담임 선생님에게 단체 기합을 받게 되는 것까지를 보았다. 희영은 K가 종례 시간에도 못 들어오는 것을 보고, 기합이 끝날 때까지 기다릴까 하는 생각을 잠깐 했다. 그러다가 자신의 마음을 누군가에게 들키기라도 한 양 화들짝 놀라면서 가방을 챙겼다.

들판에는 제법 알곡의 형태를 갖춘 벼포기만 무성할 뿐, 사람이 없었다. 논길을 건너는데, 비가 내리기 시작했다. 새 운동화가 젖는 것은 어쩔 수 없겠지만 흙물이 튀는 것이 싫어서, 희영은 땅을 골라가며 걷느라 걸음이 느려졌다. 빗줄기가 제법 굵어지면서 머리카락에서부터 교복 윗도리, 치마까지 차츰 젖어 왔다. 산자락길의 한 모퉁이에 있는 정자가 보이는 길목까지 왔는데, 정자 안에 모르는 남자애들이 있었다. 산 너머에 있는 비룡폭포에 놀러왔다가 비를 만난 모양이었다. 희영은 젖은 옷차림으로 남자애들 앞을 지나가기가 싫었다. 그렇다고 뒤돌아서 다시 신작로로 나가자니 빗길이 너무 멀었다. 이럴까 저럴까 망설이던 희영은 재빨리 정자 앞을 지나가기로 결심했다.

“어이, 아가씨!”

갑자기 정자 안에서 한 녀석이 튀어 나왔다.

“비도 오는데, 쉬었다 가지?”

희영이 녀석을 피해 논둑으로 내려서려 하자, 녀석은 희영이 메고 있는 가방을 홱 잡아당겼다. 하마터면 뒤로 나동그라질 뻔했다. 희영이 간신히 중심을 잡자, 정자 안에서 낄낄대던 다른 놈들이 내려왔다.

"자, 아가씨, 안으로 들어가시지요."

한 녀석이 덥썩 희영의 손목을 잡았다. 희영이 뿌리치자 다른 녀석이 얼른 희영의 어깨를 잡는다. 한 녀석이 어깨를 끌고, 다른 녀석이 등을 밀자 희영은 어쩔 수 없이 정자 안으로 질질 끌려 들어갔다.

"예쁜 아가씨를 곱게 모셔야지, 에라이 싸가지 없는 놈들."

정자 안에는 또 한 녀석이 있었다. 체격이 제일 다부져 보이는 놈이었다. 놈은 양반다리를 하고 앉아 싱글거리고 있었다.

"왜 이러세요?"

희영은 악을 쓰려 했다. 누군가가 들을 수 있도록 소리를 크게 지르고 싶었지만, 두려움에 짓눌려 개미만한 목소리가 간신히 입 밖으로 기어 나올 뿐이었다.

"좀 놀다 가라고··· 가방은 벗어 놓고, 응?"

한 녀석이 가방을 벗기려고 하자, 희영은 양 손으로 가방끈을 움켜잡고 최대한 몸을 웅크렸다. 다른 녀석들이 함께 달라들어 희영의 팔을 잡고 가방을 벗기려 실랑이를 하니, 교복 소매의 겨드랑이 실밥이 투둑 터졌다. 희영은 정신이 아득해지는 것을 느꼈다. 그때 K의 목소리가 들렸다.

"김희영! 김희영!"

K가 정자 쪽으로 뛰어오면서 희영을 부르고 있었다. 희영을 붙잡고 있던 손들이 느슨해졌다.

"저 새끼는 뭐야?"

"가만 있어, 가만 있어. 내가 나갈게."

한 녀석이 정자의 난간을 훌쩍 뛰어 넘어 K를 막아섰다.

"그래, 김희영 여기 있다. 네가 김희영 애인이냐?"

건들거리던 녀석이 갑자기 푹 쓰러졌다. K의 주먹이 녀석의 복부를 강타한 것이다. 정자 안에서 지켜보던 세 녀석이 모두 일어나서 뛰쳐나갔다. 희영은 그 틈에 가방을 싸안고 미친 듯이 도망쳤다.

불행인지 다행인지 동네 사람 아무도 만나지 않고 희영은 집에 들어섰다. 안방에서는 TV를 보는 모양이었다. 가족들의 웃음 소리가 밖으로 새어 나왔다. 자신이 처했던 위험을 아무도 알아차리지 못하고 TV 앞에서 깔깔대고 있는 가족들이 원망스러웠다. 자기 방에 들어온 희영은 몸을 대강 닦고 이불을 뒤집어 썼다. 벌벌 떨리는 게 좀처럼 멈추지 않았다. 엉엉 울다가, 울다가 희영은 까무룩히 잠이 들었다.

아침에 일어나니 모든 게 꿈만 같았다. 한바탕 악몽을 꾸었던 것일까? 그러나 책상 옆에 던져 놓은 교복 겨드랑이의 뜯어진 부위가 어제의 일이 꿈이 아니라고 일러 주었다. 희영은 헌 교복을 꺼내 입고 등교를 했다. 교실에 들어서자 자기도 모르게 K의 자리에 눈길이 갔다. K는 아직 오지 않았다. 그날도, 다음날도, 여름방학이 끝난 날도.

네 초고 소설을 읽은 동료 학생들은 서사의 공백을 지적했다.

—아직 본격적인 이야기가 나오지 않은 것 같습니다.

—사건만 있고 갈등이 없지 않나요?

—사건 이후 희영의 심리 묘사가 부족한 것 같습니다. '아침에 일어나니 모든 게 꿈만 같았다'로 끝날 수는 없다고 봅니다. K에 관한 자책감이 그려져야 하는 것 아닐까요?

—아우트라인 발표 때도 이야기된 것 같은데, 희영은 왜 신고하지 않았나요? K를 위험에 빠뜨려 놓고 자기 혼자 울고 자버린 것이 상식적으로 이해되지 않습니다.

피드백을 듣는 시간에 너는 마스크를 쓰고 나왔다. 가끔씩 기침을 쿨럭이는 것을 보니, 글을 쓰면서 네 마음도 어지간히 부대꼈나 보다. 그러나 마스크를 쓴 네 모습은 진술을 거부하는 증인처럼 보인다. 마지못해 그 자리에 서 있는 듯하다. 동료들의 피드백에 반박을 하거나 변명을 하는 대부분의 학생들과 달리 너는 형식적으로 고개를 주억거리거나 감사하다고 말할 뿐이다.

나는 네가 무심코 사용한 "불행인지 다행인지"라는 어구에 주목한다. 네가 경찰이나 다른 사람들에게 빨리 알려서 K를 구하려 했다면, '불행히도'라고 표현했어야 했다. 네 심중에는 동네 사람에게 들키고 싶지 않은 무언가가 있는 것이다. 그것은 가족에게도 차마 말할 수 없었던 '무엇'일 수도 있다. K는 어떻게 되었는가? K의 이야기가 나와야 할 마지막 단락은 급격히 마무리되고 만다. 너는 K에 대해서도 말할 수 없는 무언가가 있는 것이다.

그리고 너는 더 이상 강의에 나오지 않는다. 피드백을 받아 초고 소설을 수정, 보완하고 소설을 완성하여 학점을 받는 과정을 너는 포기했다. 너는 침묵을 선택한 모양이다. 말하지 않기로 결정하는 것도 강단이 필요하다. 다만 너의 우울이 깊어지지 않기를 바란다. 우울함이란 아직 말해지지 않는 이야기일 수 있기 때문이다.

에티오피아에서는 아픈 사람이 성직자와 함께 두루마리를 만드는 천 년 전통의 두루마리 치유법이 있다고 한다.

아픈 사람은 성직자에게, 언제 어떻게 그 괴로움을 당하게 되었는지, 왜 아프게 되었다고 생각하는지, 아프기 전의 생활과 현재의 상태는 어떠한지, 다른 사람들과의 관계는 어떠한지에 대해 자신의 생각과 감정을 말하면서, 성직자가 그에 합당한 기도와 문양의 두루마리를 만들 수 있도록 한다는 것이다. 아픈 사람은 성직자와 함께 이야기를 주고받으면서 질병의 맥락에서, 자기 삶의 서사적 질서를 헤아려 보는 것이다. 그래서 에티오피아에서는 이야기를 하는 것이 치유에 도움이 된다고 믿어진다.

나는 네가 소설을 쓰면서 네 영혼을 치유할 두루마리가 만들어지기를 바랐다. 네게 무슨 일이 일어났고, 무엇을 느꼈는지를 이해하면서 네게 영향을 미치고 있는 그 사건의 의미를 네 삶에 통합시킬 수 있기를 바랐다. 사실 모든 기억은 왜곡이다. 너의 기억 또한 사실 자체가 아닐 수 있다. 네가 소설 쓰기를 통해 얻을 수 있는 것은 다만 서사적 진실, 그러나 그 서사적 진실을 구현해 냄으로써 너는 삶이 일관성 있다고 느끼게 되며, 네가 견뎌왔던 트라우마의 영향에서 벗어나 네 삶의 주도권을 얻을 수 있었을 것이다.

담장이 낮긴 했지만, 대문 옆에 있는 헛간에 가려 본채는 잘 보이지 않았다. 희영은 망설이다가 여며진 철문을 살짝 밀어 보았다. 페인트가 벗겨진 낡은 철문은 삐그덕 소리를 요란하게 냈다. 놀라서 뒤로 물러서려는데, 강아지 한 마리가 왈왈거리며 사나운 기세로 달려 나온다.

"봄, 봄! 거기 서!"

K의 목소리다. 희영은 그 목소리에 얼어붙는 자신을 느꼈다.

"김희영? 김희영 맞네…, 봄! 이리 와!"

강아지는 몸을 돌려 K에게 뛰어 간다. K는 마루에 앉아 있다. K는 희영에게 오라고 손짓을 한다.

"웬일이야? 김희영이 우리 집에 다 오고?"

빈정대는 것인가? 그러나 K의 음성에는 놀라움만 묻어 있다.

"지나가다가… 너희 집이라고 해서…"

주춤거리며 마당을 건너던 희영의 눈에 순간 마루 끝 기둥에 세워져 있는 목발 한 쌍이 들어왔다.

"너, 너… 다친 거니?"

"이야기가 길어."

K는 옆자리에 와서 앉으라고, 손짓을 했다.

"너희 집 가는 길에 정자 있잖아."

희영은 가슴이 철렁했다. 드디어 올 게 왔구나 싶었다.

"글쎄, 내가 그 옆 논두렁에 쓰러져 있었다는 거야. 온몸이 상처 투성이가 돼서… 누군가에게 흠씬 얻어터진 것 같더래. 그런데 이상하게 나는 전혀 생각이 안 나거든. 내가 왜 그 자리에 쓰러져 있었는지 모르겠어. 늘 집에 가는 길이긴 했지만 말야."

K, 넌 정말 생각이 안 나는 거니? 아니면 지금 나를, 나를 떠보는 거야? 희영은 걸터앉은 마루의 모서리를 몇 번이고 어루만졌다. 차마 K를 마주볼 수 없었다.

"운이 좋아서 옆 동네 아저씨에게 발견됐대. 그 아저씨가 새로 부치게 된 논에 논물 보러 나오지 않았더라면, 나는 체온이 떨어져 죽었을 거래. 그날 저녁 내내 비가 왔다는 거야."

K가 죽을 수도 있었다. 희영은 지금 앉아 있는 자리가 지옥인 것 같았다. K의 한마디 한마디가 지옥불처럼 마루를 달구었다. 자신이 단지 수치심 때문에 울며불며하다가 따뜻한 이부자리 안에서 잠들었을 때, K는 차디찬 빗속에서 생사를 오가고 있었던 거다.

"택시를 불러 읍내 병원에 갔는데, 수술을 해야 한대서 바로 ㄴ시 병원으로 옮겨졌대. 깨어나 보니 내가 ㄴ 병원에 있더라구. 어리둥절했지, 뭐."

"다리를 수술한 거야?"

희영은 목발로 눈을 돌렸다. 기둥에 기댄 한 쌍의 목발이 자신을 후려

치기 위해 기다리고 있었던 것 같았다. 희영은 안방으로 가서, 아버지를 데리고, 덩치 큰 남동생을 데리고 빗속을 달려갔어야 했다.

"허리 골절이 있었대. 수술 받고 나서 허리는 그런대로 좋아졌는데, 왼쪽 다리에 마비가 왔어. 수술 후유증이라나."

"왼쪽 다리를 영영 못 쓰는 거야?"

"의사 말로는 계속 물리치료 받고, 운동 열심히 하면 좋아질 수 있다는데…."

"……"

"김희영, 너, 괜찮아? 얼굴이 안 좋아 보여."

"어… 좀, 어지럽네…."

"가봐. 나도 좀 누워야겠어. 오래 앉아 있으면 허리도 아프거든. 그래서 휴학한 거야."

미안하다, 미안하다, 미안하다… 아, 미안하다는 말로 해결될 수 있는 일이라면….

희영은 K의 눈을 바로 보지 못하고 일어선다.

"무슨 일이 있었는지 생각도 안 나고, 답답해 죽겠는데 너랑 이야기라도 하니까 좀 낫다. 와줘서 고마워."

K는 웃는 눈으로 희영을 배웅한다. 강아지가 왈왈거리며 조금 따라오다가 K에게 돌아간다.

희영은 자신의 왼쪽 다리가 마비되어 목발을 짚고 걷는 모습을 상상하면 걷는다. 왼쪽 발에는 힘이 실리지 않을 테니, 오른쪽 발을 먼저 내딛으면, 왼쪽 발은 질질 끌려 오겠지. 그 목발, 그 목발의 주인은 희영 자신이어야 했다.

나는 네가 쓴 소설의 이야기 공백을 일부 메꾸어 본다. 이 소설이 인과의 틀을 가지고 완성되려면, 희영에게 일어나는 심리적 갈등과, 고백이 되었든 침묵이 되었든 희영이 내리는 결단의 동기가 설득력 있게 제시되어야 하겠지.

물론 너는 소설을 완성해야 할 의무는 없다. 누구라도 자신이 드러내지 않기로 선택한 것을 폭로하도록 강요당해서는 안 되는 것이니까.

(『한국소설』, 2020년 5월호)

일박 이일

아침에 눈을 떴을 때, 너는 아랫도리의 화한 느낌을 감지하고 언짢은 기분으로 일어났다. 너는 약상자를 열고 상비해 두고 있는 항생제를 먹고 물을 두 컵 마셨다. 네가 세상의 모든 통증을 경험해 본 것은 아니지만, 방광염처럼 기분 나쁜 통증은 없을 거라고 생각한다. 아랫배를 누르는 무지근함, 참을 수 없는 요의, 식은땀을 거쳐, 쐐기풀로 찌르는 듯한 배뇨의 단계가 있다. 이 모든 증상의 전조가 시작된 것이다.

"나, 갈게. 수고해……"

남편은 미안해 하며 먼저 집을 나갔다. 회사의 대표가

어젯밤 부친상을 당해, 직원들 몇 사람과 강원도까지 조문을 가기로 한 것이다. 두 어머니들과 함께 떠나기로 한 일박 이일의 여행은 이제 온전히 너의 몫이 되었다. 팔십이 넘은 시어머니와 친정 엄마의 일박 이일을 떠맡은 너의 어깨는 무겁다.

남편에게 일이 생겼다고 여행을 무를 만한 뱃심이 네게는 없다. 요양원에서 생활하는 시어머니가 얼마나 이 나들이를 기다리고 있을지 알기 때문이다. 작년부터 시어머니는 두어 차례 "어디 가서 바람 좀 쐬고 왔으면 좋겠다."라고 말했다. 시어머니는 자신의 속내를 혼잣말처럼 중얼거려 밝힌 후, 후렴처럼 "나는 괜찮애."라고 덧붙인다. 대개의 경우, 너는 시어머니의 소원을 수리하지만, 성가신 일일 때는 '나는 괜찮애'라는 말을 면죄부 삼아 모른체한다.

시아버지가 세상을 떠난 이래, 너희 내외는 늘 시어머니와 친정 부모를 한 자리에 모셨다. 한 달에 한 번은 함께 식사를 하고, 하루나 이틀에 걸친 여행도 했다. 그러다가 3년 전, 친정 아버지가 세상을 뜨고 나서는 더 이상 부모와의 여행은 하지 않게 되었다. 무엇보다도 엄마가 급격히 쇠약해져 허리가 굽고 걸음걸이가 힘들어진 때문이었다.

휴가철이면, 두 어머니들이 좋아했던 ㅂ읍이 생각나진 않는 건 아니었다. ㅂ읍은 온천 호텔이 있고, 해산물 먹거리가 좋아 겨울에 즐겨 찾던 여행지였다. 그러나 이제는 허리를 잘 펴지 못하는 엄마가 탕에서 미끄러져 낙상이라도 당할까 봐 아예 엄두를 내지 않았다.

이번 여행은 네가 그냥 인사로 해본 말에 엄마가 적극적으로 반응을 보이는 바람에 이루어졌다. 매번 휴가철을 그냥 보내기도 민망하여 어디 가서 하룻밤이라도 쉬었다 올까요 했더니, 엄마가 대뜸 ㅂ읍에 갔으면 좋겠다고 하는 것이었다. 시어머니의 '나는 괜찮애' 후렴구 앞의 중얼거림이 떠오르기도 해서 너는 짧은 여름 여행을 결심했다.

너는 서서 밥을 먹는다. 아랫배를 누르는 무지근한 불쾌감은 의자에 앉으면 더 힘들다. 항생제의 약효가 발생하기까지는 대략 두 시간. 너는 시계를 보면서 된장찌개와 콩나물을 밥에 비벼서 입에 넣는다. 몸이 힘들 때 더욱 밥을 거르지 않아야 한다는 것을 너는 알고 있다.

친정집에 먼저 들러 엄마를 태우고, 요양원으로 향한다. 요양원은 광주에서 한 시간 정도 떨어진 읍 소재지에 있다.

엄마는 당신이 이렇게 꼬부랑 할머니가 되어 버릴지 몰랐다고 한탄한다. 꼿꼿이 걸어다니는 시어머니가 부럽다고도 한다. 그래도 엄마는 자식 옆에 있으니 요양원에 계시는 시어머니보다는 낫지 않느냐는 네 말에는 묵묵부답이다. 귀가 어두워진 엄마는 불쑥불쑥 당신이 생각나는 말만 하고, 네 말에는 답변을 않는다. 보청기를 쓰고도 잘 듣지 못하는 것이다.

요양원 앞에서 차를 멈추자, 현관 안쪽에서 기다리고 있었던지 시어머니가 바로 걸어 나온다. 동작이 굼떠서 약속 시간에 늘 늦던 시어머니는 요양원 생활을 한 뒤부터 먼저 나와 기다리기도 한다. 시어머니의 진홍색 사틴 자켓이 화사하다. 엄마가 고급 브랜드의 옷을 사서 한 계절 내내 입는 편이라면, 시어머니는 시장에서 사더라도 여러 벌을 장만하여 늘 새옷으로 챙겨 입는 쪽이다. 피부가 얇은 탓에 일찌감치 주름이 자글자글한 얼굴이 되었지만, 화운데이션과 립스틱에 신경을 쓴 화장을 한다. 너는 작은 꽃무늬 자켓의 목 언저리로 런닝셔츠 어깨가 자꾸 얼굴을 내밀며 시어머니의 공든 차림새를 훼방하는 것을 바라본다.

"정 서방이 못 갈 형편이면 좀 미룬단 말이지, 기어이

가겠다고……"

엄마는 시어머니를 맞으며 은근히 딸 자랑을 한다. 아들이 없는 여행이라 시어머니는 다소 기가 눌리는 듯하다.

"이것이 마지막 여행이 될는지 어찌 알것소……."

시어머니의 입에서 나온 말치고는 의외였다. 평소 같으면 "부모 생전에 잘해야제, 죽고 나면 다 소용 없어라."라는 식으로 말했을 것이다. 시어머니는 고부 관계에서도 시크한 편이었다. 시어머니 유세도 없었고, 며느리인 네게 바라는 것도 없었다. 승용차에서 오르내릴 때, 혹은 계단을 오르내릴 때, 당신의 아들이나 딸의 손은 빌리면서도 네가 부축하려 하면 시어머니는 항상 고개를 저었다. 시어머니는 며느리인 너에게 의지하는 일이 싫은 듯했다.

생각해 보면 너도 그렇게 만만한 며느리는 아니었다. 결혼 초에는 일요일 점심을 시댁에서 먹는 일이 많았다. 어느 날, 시아버지와 너희 내외가 밥상을 두고 둘러앉았는데, 시어머니가 양푼에 담긴 찬밥을 내왔다.

"식은밥을 먹어버려야겠네……."

막 수저를 들려던 참이었다. 너는 '어머니, 제가 먹을게요'라든가, '어머니, 저도 먹을게요'라고 해야 한다는 것을 본능적으로 알았지만, 그러지 못했다. 찬밥을 먹기가 싫었던 것이다. 너는 아들딸을 차별하지 않는 부모 밑에서 자랐다. 며느리가 되었다고 해서 왜 찬밥을 먹어야 한단 말인가. 너는 묵묵히 따뜻한 밥을 먹었다. 시어머니는 묵묵히 찬밥을 먹었다. 그래서 그날 밥상은 전체적으로 묵묵했다.

시어머니가 네 속을 긁은 일도 있었다. 결혼하고 맞은 첫 설날이었다. 떡국을 끓일 국물을 내기 위해 시어머니는 쇠고기를 솥에 넣고 물을 부었다. 옆에서 시어머니를 거들던 너는 무심코 이렇게 말했다.

"어머, 어머니는 쇠고기를 그냥 넣으시네요. 저희 집에서는 쇠고기를 볶아서 국물을 만드는데요."

너는 단지 식문화의 차이를 언급했을 뿐인데, 시어머니는 쌀쌀히 대꾸했다.

"고기가 싱싱하지 않을 때나, 볶는 것이지……."

그 말에 너는 한방 맞은 기분이었다. 친정집을 비하하는 듯한 발언이었다. 지금도 네 마음 속 한구석에는 그 말이 남아 있다.

시어머니와의 심리전에서 네가 기선을 제압한 것은 시어머니가 전한 뜬소문 때문이었다. 당시 네가 근무하고 있던

학교의 교무실에서 네 책상은 노총각 선생의 책상과 나란히 있었다. 네 고등학교 동창의 오빠이기도 해서, 그 선생과는 주고받는 말이 많을 수밖에 없었다. 그런데 어느 날, 남편이 잔뜩 화가 나서 너를 몰아붙였다. 결혼하지 않았더라면 그 선생과 결혼했을 거라는 말을 네가 했다는 것이다. 누가 그런 말을 하더냐고 하니까, 시어머니가 아는 사람에게 들었다는 것이다. 너는 침착하게 대응했던 것 같다. 그런 비상식적인 말을 했겠는가, 시어머니는 왜 진위가 확실하지 않는 말을 아들에게 전해 부부간의 불화를 일으키는가. 네 말이 시어머니에게는 어떻게 전해졌는지는 모르겠다. 어쨌든 시어머니는 그 이후로 평생 네게 시비를 걸지 않았다.

시어머니는 명문 여고 출신의 인텔리였다. 살림에는 별반 주의를 기울이지 않았고, 늘 '리더스 다이제스트' 같은 잡지를 읽고 있었다. 마늘과 고추 살 때를 놓치지 않고, 된장, 고추장을 담그고, 계절에 따른 밥상으로 가족들을 먹이는 데 바쁜 친정 엄마와는 관심의 영역이 달랐다. 그래서 며느리와의 불화란 사실 시어머니의 교양에 어긋나는 일이기도 했다. 시어머니는 시어머니로서 군림하지 않았고, 주위 사람들에게 며느리 자랑을 늘어놓기도 했다. 그러면서도 시어머니는 은근히 네게 라이벌 의식이 있었던 듯하다. 언젠가는 이야기 도중에 불쑥 네 아랫배를 움켜쥐는 바람에 화들짝 놀란 적이 있었다.

"너는 왜 아랫배도 나오지 않냐?"

나누고 있던 이야기의 맥락과는 아무런 상관이 없는 말이었다. 그때, 너는 문득 어떤 시인의 경구를 생각했다. 결혼이란 어머니라는 헌 집에서 아내라는 새 집으로 이사를 하는 것이다. 새 집으로 이사를 온 네 남편 역시 헌 집에는 관심을 두지 않았다. 시어머니는 헌 집과 새 집의 차이를 곰곰 견주어 보는지도 몰랐다.

시어머니에게 서운했던 기억만이 또렷이 남아 있는 것은, 고부 관계라는 게 법으로 맺어진 인위적인 사이이기 때문인지도 모른다. 시어머니에게도 네가 괘씸했던 기억만이 남아 있을 수 있다. 그러나 너도 시어머니도 그 감정들을 풀어내려고 시도해 본 적은 없다.

엄마에게 섭섭했던 기억이 네게는 없다. 그러나 엄마는 네게 서운했던 순간이 있었다. 가사 도우미를 쓰지 않고, 엄마가 네 집안일을 도와주던 어느 날, 퇴근해 보니 거실이 어수선했다. 너는 무심코 이렇게 말했다. "도우미들은 어떻게 그 짧은 시간 동안 말끔히 정리를 하는지 모르겠어요."
며칠이 지난 후, 엄마는 울면서 말했다. 네가 당신을 도우미 취급하는 것 같아 너무 서러웠노라고. 너는 좀 억울했지만, 엄마는 서운했던 마음을 풀어냈고 감정의 앙금을 남기지 않았다. 너는 그것이 혈연의 힘이라고 생각한다.

마지막 여행이 될지도 모르겠다는 말은, 실은 수년 전부터 여행 때마다 엄마가 되뇌이곤 했던 소리였다. 너는 그 말이 싫었다. 아직은 건강한 엄마가 죽음을 입에 담는 것도 불길했지만, 한편으로 그 말은 네게 효도를 강요하는 것처럼 느껴졌다. 두 아이를 키우고 직장 생활을 하면서 너는 엄마의 헌신적인 도움을 받았다. 그랬으면서도, 언젠가부터 전화를 하는 엄마의 음성에서 응석이 묻어나는 게 부담스러웠다. 팔십이 넘으면서 엄마는 점점 큰딸인 네게 의지하는 일이 많아졌다. 바쁜 일과 시간에 전화를 하고, 사소한 이야기를 길게 늘어놓으면 짜증이 났다. 귀가 잘 들리지 않으니, 네가 하는 말을 알아듣는 데도 시간이 걸렸다. 너는 엄마에게 언짢은 감정이 생길 때마다, 엄마가 네게 베풀었던 시간과 몸공을 생각하며 마음을 다스리곤 했다.

"자를 가졌을 때, 태몽을 꿨는디…."

엄마는 네 자랑을 시작하려 한다.

"그전에 다 들었어라…"

시어머니는 엄마의 말을 끊는다. 그러나 귀가 들리지 않는 엄마는 당신이 하고 싶은 말을 다 하고 만다. 작달만한 용 한 마리가 구들장 아래로 들어갔는데, 당신이 방안에 앉아 있으면서 그렇게 마음이 든든하더라는 이야기다. 시어머니는 묵묵히 참는다. 당신의 아들이 아기였을 때 피부가 흰떡 같았고, 자라면서 예쁘고 수말스러워 동네 어른들의 사랑을 독차지했다는 이야기, 오죽하면 동네에서 당신의 집을 예쁜 학생 집이라고 불렀겠느냐는 이야기는 하지 않는다.

엄마는 다시 큰동생 이야기를 늘어놓는다.

"그놈이 성질이 지랄맞아 고함을 쳐대서 그렇지, 집안 청소 다 해주고, 빨래도 다 해줘서 몸은 편해요. 지난번에는 회 뜨고 난 민어뼈를 얻어와 고아주는디…."

너는 운전을 하면서 마음이 무겁다. 말을 돌려 엄마의 입을 막고 싶지만, 엄마가 잘 듣지 못하니 소용 없는 일이다. 엄마는 귀가 안 들리면서, 주위에 대한 배려도 없어진 듯하다. 자식들이 있는데도 요양원에 살고 있는 시어머니의 처지는 전혀 염두에 두고 있지 않다.

요양원 입주가 시어머니의 선택이긴 했다. 시동생과 살고 있던 시어머니는 너희 내외와는 아무런 상의도 없이 훌쩍 요양원으로 들어갔다. 시누이와 함께 내린 결정이었다. 남들처럼 자식들에게 떠밀려 요양원에 들어간 것이 아니라, 당신 스스로의 판단으로 요양원에 입소했다는 사실에 시어머니는 자부심을 느끼기도 했다.

초기에서부터 중증까지 치매 환자가 대부분인 요양원에서 시어머니는 제일 정신이 말짱했다. 시어머니가 선생이라고 부르는 요양보호사들은, 시어머니에게 잠깐 환자를 감시해 달라든가, 싸움을 말려 달라든가 하는 부탁을 했다. 돌봐야 할 사람이 많으니, 손이 늘 부족해서 시어머니의 작은 도움에도 크게 고마워했다. 요양원 생활 초기에 시어머니의 주된 화제는 당신이 요양보호사를 어떻게 도와 무슨 일을 해결했는가 하는 것이었다. 언젠가는 네가 시어머니 방에 갔더니, 시어머니는 화장실 청소를 하고 있었다. 한 방을 쓰고 있는 이가 변기 시트와 바닥에 오줌을 흘려 놓아 닦고 있는 중이라고 했다. 네가 보기에 시어머니는 마치 선행상이라도 받을 사람처럼 행동하고 있었다.

요양원 생활을 하면서 시어머니는 눈에 띄게 건강이 좋아졌다. 제 시간에 챙겨주는 세 끼 식사와 규칙적인 운동, 그리고 당신이 필요한 존재라는 자신감 덕분이 아닐까 싶다. 무엇보다도 갈 데가 없어서 이곳에 있는 환자들과 달리 언제라도 집으로 돌아갈 수 있다는 우월감도 시어머니를 지탱해 주는 힘이 되고 있는 듯했다. 시어머니는 가끔씩 그 사실을 증명하고 싶은 듯, 심기가 불편한 일이 생기면 홀연히 집에 돌아와 있기도 했다. 그러다가 원장의 전화를 몇 번 받게 되면 못 이기는 체 다시 요양원으로 들어가곤 하는 것이었다.

너는 점심을 먹고 호텔에 들기로 한다. 인터넷으로 검색해 둔 식당에서 불고기 백반을 먹을 참이다. 엄마는 예전부터 고기를 좋아했지만, 시어머니는 요양원 생활을 하게 된 이후 부쩍 고기를 선호한다. 두 어머니 모두 치아가 부실해서 푹 고은 닭이나 오리 고기가 있었으면 싶었지만, 인근에는 그러한 음식이 없었다. 엄마는 차에서 내려 왼손으로 지팡이를 짚고, 오른손을 네게 내민다. 양손에 힘이 균등하게 주어져야 허리를 조금이라도 펼 수 있는 것 같다. 다른 쪽 문으로 내린 시어머니는 아장아장 걸어온다. 그러고 보니 시어머니의 허리도 이제는 꼿꼿하지 않은 것 같다.

다행히 식당에는 의자가 있는 식탁이 있다. 두 어머니 모두 한 손으로 식탁을 잡고 한 손으로 의자를 잡고 꼼지락거리며 자리를 잡는다. 전골 남비에서 불고기가 끓고 국물 맛이 우러나는 동안, 어머니들은 밑반찬에 젓가락질을 한다. 엄마는 숙주나물이며 가지무침을 집는데, 시어머니는 햄볶음에 손이 간다. 요양원 생활 이래 시어머니의 식성은 확실히 변했다. 시어머니는 조금이라도 더 영양이 있는 음식을 먹어야 한다고 생각하는 것 같다. 네가 불고기를 오목접시에 떠서 나누자, 시어머니는 국물에 밥부터 만다. 이것도 요양원에 가기 전에는 없었던 습관이다.

외식을 하면, 엄마는 모든 음식을 맛있어 했다. 늘 자신의 손으로 많은 식구들을 거두어 먹여야 했기 때문에, 당신의 수고가 들어가지 않는 식사는 편안하고 즐거워 보였다. 심지어는 식당에서 제공하는 믹스 커피조차 맛있다고 두 잔씩 먹었다. 그에 비해 시어머니는 늘 깨작거리는 편이었다. 음식이 맛있다는 소리를 한 적이 없다. 시어머니는 입이 짧은 것이 신분의 표양인 것처럼 행동했다. 외식을 마치고 나면 너희 내외에게 고맙다, 고맙다를 연발하는 엄마 옆에서, 시어머니는 "부모 생전에 잘해야지라……"라고 중얼거리곤 했다. 그러던 시어머니가 이제는 국물에 만 밥 한 공기를 다 비운다.

식당을 나오면서 두 어머니 모두 운동화를 신는다. 당신들의 신발이 운동화로 바뀐 지는 십년이 넘었다. 엄마는 앉아서 운동화를 신고, 일어날 때 네 손을 의지한다. 엄마가 지팡이를 집고 걸을 태세를 하는 동안, 시어머니는 서서 신발을 신다가 "손 좀…"하면서 손을 내민다. 시어머니가 네게 손을 내민 것은 처음이다.

"앉으면 일어날 수가 없어서……"

시어머니는 겸연쩍어 하면서 오른손으로 네 손을 잡고 엉거주춤 허리를 굽혀 발꿈치를 운동화 안으로 밀어 넣는다.

지난 시절, 시어머니는 가끔씩 사주를 보고 온 이야기를 했다. "나는 어딜 가서 보나 준호하고 산다고 그래야." 준호는 시동생의 이름이었다. 시동생은 남편의 삼 남매 중 삶이 가장 불안정했다. 시어머니가 사주를 보러 다니는 것도 대개는 시동생의 앞날이 궁금해서였다. 시동생이 새로 벌인 사업은 어떨지, 새로 만나는 여자와는 어떨지. 그러면서도 당신의 노후가 시동생과 함께일 거라는 것은 의심치 않았다. 시아버지가 세상을 떠나자, 너는 셋방들을 끼고 있는 덩치 큰 주택을 정리하고 살기 편안한 작은 아파트로 옮기면 어떻겠냐고 시어머니에게 권했다. 시어머니는 너의 제안을 경계했다. 혹시 시어머니가 보러 다녔던 사주에 큰며느리와는 합이 들지 않았다거나 하는 괘라도 있었던 걸까? 네가 시어머니에게 살갑게 구는 며느리도 아니었지만, 시어머니 역시 네 말에 탐탁스럽지 않은 반응을 보일 때가 많았다.

결국 이백 평이 넘는 집은 처분되고, 양도세를 제외한 매매 대금은 상속법에 준해서 가족들에게 분배되었다. 시아버지가 남긴 통장의 현금은 시어머니 몫으로 남겼으니, 시어머니가 받은 유산은 제법 컸을 것이다. 시어머니는 그 돈에서 시동생에게 이층집을 사주었다. 당신의 자녀 중 유일하게 제 집이 없는 아들이 안쓰러웠던 모양이다. 그리고 그 집은 한편으로 당신이 여생을 보낼 안식처가 될 것이라고 여겼을 것이다. 시어머니의 삶이 그 이층집에서 해피엔

딩으로 마무리되었더라면 얼마나 좋았을까.

시어머니가 시동생에게 집을 사준 일은, 어쩐지 너희 내외로 하여금 시어머니 부양의 책임에서 벗어난 것처럼 느끼게 했다. 부모가 자식에게 베푼 은혜가 단지 먹이고 입히는 데 그쳤겠는가마는, 부모의 재산을 제일 많이 물려받은 사람이 부모를 모셔야 한다는 것은 물질의 시대에 사는 자식들의 합의 사항인 듯했다. 너희가 맏이이면서도 시어머니를 모시고 살아야 한다는 의무감을 굳이 느끼지 않았던 것도 이런 연유에서일 것이다.

홀몸인 시동생이 시어머니와 함께 사는 일은 생각만큼 녹록하지 않았다. 시어머니와 식사할 때마다 띄엄띄엄 전해 듣게 되는 이야기로 네가 짐작한 바는 그랬다. 집도 시어머니가 사주었고, 생활비도 시어머니가 대고 있으니 시어머니는 시동생의 삶 전반에 관여하고 싶었다. 그러나 시동생은 홀몸이니 친구도 만나야 했고, 연애도 해야 했다. 시동생이 여자를 사귀면서 불화가 시작되더니 마침내 모자는 같은 밥상에 앉지 않게 되었다. 시어머니는 일층에서, 시동생은 이층에서 따로 생활하게 된 것이다. 시어머니가 혼자 자는 게 무섭다고 말하기 시작한 것도 그 무렵부터였을 것이다.

시동생의 이층집은 시어머니의 옛집과 거리가 멀었다. 시어머니는 수십 년 동안 살아온 낯익은 동네의 골목과 시장, 이웃들에게서 뚝 떨어져 나온 것이다. 아들 하나를 의지하고 왔던 낯선 집에서 팔순이 된 시어머니가 혼자서 끼니를 해결하고, 청소와 빨래를 하면서 자신을 거두는 일이 쉽지는 않았을 것이다. 시어머니는 다른 노인들에 비해 경제적 여유가 있는 편이었으므로 한동안은 가사 도우미를 쓰기도 했다. 그러나 옛집에서처럼 정기적으로 나오는 방세 없이, 곶감 빼먹듯 저금을 헐어 쓰는 생활이 시어머니는 두려웠을 것이다. 너는 시어머니의 경제적 형편을 정확히는 모른다. 시어머니의 돈은 시누이가 관리를 했기 때문이다. 다만, 사람을 부르면 밥 챙겨 주는 일이 더 신경 쓰인다면서, 더 이상 도우미를 쓰지 않기로 했다는 말에서 너는 시어머니의 불안을 짐작했을 뿐이다.

혼자서 생활하는 동안, 시어머니는 빨래를 널러 가다가 옥상 계단에서 미끄러지기도 했고, 문턱에 걸려 넘어지기도 했다. 어깨가 아파서 오른손이 올라가지 않는다며 통증을 호소하기도 했다. 너희는 병문안을 간다든지, 병원비를 낸다든지 하는 후속 조치만 했지, 적극적으로 시어머니를 부양할 생각은 하지 않았다. 어쨌든 시동생이 함께 살고 있어서 응급 상황은 면해 왔기 때문이었다.

시어머니가 스스로 요양원에 들어갔다는 것은, 네게 일말의 존경심을 불러 일으켰다. 그 연배의 노인들에게 자식들과 떨어져 사는 삶이란 낯설고 두려운 것일 수밖에 없다. 그런데도 노쇠해진 몸을 의탁하고 적극적인 보살핌을 받을 수 있는 환경으로 요양원을 선택한 시어머니의 용기는 대단해 보였다. 자식들에게 구차한 손을 내밀고 싶지 않다는 자존심이 느껴졌다. 나날이 전화가 잦아지고 응석이 늘어가는 엄마와 비교해 볼 때, 시어머니는 확실히 고고한 성정이 있었다.

어머니들과 함께 온천탕에 들어가면서, 너는 허리 굽은 엄마에게 온 신경을 썼다. 바닥 조심하라고 몇 번이고 주의를 주면서 개인 샤워기가 있는 곳까지 손을 잡아 주었다. 탕에 먼저 들어가 있으면서도 불안한 마음에 엄마에게서 눈을 떼지 못했다. 석조로 된 바닥에서 미끄러지기라도 하면 큰일이었다.

어머니들이 탕 쪽으로 걸어오자, 너는 얼른 나가서 엄마의 손을 잡고 탕 안으로 들어왔다. 엄마를 탕 안에 앉히고, 시어머니를 돌아보니, 시어머니는 부들부들 떨면서 탕 밖의 디딤돌에서 탕 안으로 건너오려고 안간힘을 쓰고 있었다. 벌벌 떨리는 두 손으로 욕조의 가장자리를 부여잡고 난간을 넘어 오는데 힘을 타지 못한 두 다리가 덜덜 흔들렸다. 시어머니는 엄마와 너의 부축을 받아 탕 속으로 들어왔다. 시어머니의 쇠잔함에 너는 충격을 받았다.

엄마는 허리가 굽긴 했어도, 집안일도 하고, 동네 외출도 했다. '실버카'라고 불리는 보행 보조기를 밀고 걷기 운동도 다니고 있었다. 그에 비해 시어머니는 엘리베이터가 있는 요양원 건물 안에서만 생활하고, 걸을 일이 별반 없기 때문에 하체의 힘이 약해진 모양이었다. 집안일에서 자유로와진 시어머니의 어깨는 통증에서 벗어났고 젓가락 잡기가 힘들었던 오른손도 이제는 제 구실을 하고 있었다. 그러나 대신 다리 힘이 사라진 것이다.

너는 어머니들과 함께 온천탕에 갈 때면 언제나 때 미는 이에게 몸을 맡겼다. 휴가에서는 너에게도 어머니들에게도 약간의 호사를 누리게 하고 싶었다. 그런데 휴가철이 지나서인지 때 미는 이가 한 사람뿐이었다. 너는 어머니들을 개인 샤워기가 있는 자리에 데려다 두고, 먼저 때를 밀고 나왔다. 제자리에 앉아 있을 줄 알았는데, 두 어머니는 다시 탕에 들어갔나 보았다. 둘이서 손을 잡고 조심조심 자리로 걸어오고 있었다. 너는 좀 마음이 놓였다. 겨울에 다시 와도 되겠구나 싶었다.

엄마는 혼자서 녹차탕에 들어갔다 왔다고 자랑을 했다. 해수탕과 쟈스민탕, 녹차탕이라고 이름 붙은 욕조들 중, 녹차탕의 수온이 제일 높았다. 엄마는 고혈압이 있기 때문에 뜨거운 물에 들어가는 것은 위험했다. 그래서 해수탕만 이용하라고 당부를 했건만……. 아마도 사돈의 허약한 모습을 보고 엄마는 당신의 건강 상태에 갑자기 자신이 생겼나 보았다.

다음으로는 엄마가 때를 밀었다. 어머니들이 함께 하는 자리에서 순서를 정해야 할 일이 생기면, 언제나 엄마가 양보를 했고 시어머니는 이를 당연하다는 듯 받아들였다. 아들 쪽이 딸 쪽보다 서열이 높다는 듯이. 그러나 이번에는 시어머니가 극구 사양을 했다. 시어머니는 목욕 의자에 앉아서 때타월로 계속 당신의 몸을 문질렀다. 요양원에 처음

들어갔을 때는 목욕도 시켜준다고 좋아했는데, 최근에는 그에 대해 불평하곤 했다. 사람이 늘어나면서, 일주일에 한 번 비누칠과 샤워로 목욕을 대강 끝낸다는 것이다. 시어머니는 아마도 때가 많이 나오면 때 미는 이에게 민망할까 봐 저렇게 순서를 미뤄가며 몸을 닦고 있는 것이다.

네가 이번 여행에서 제일 신경을 쓴 부분은 간식이다. 엄마가 좋아하는 무화과와 시어머니가 좋아하는 사과. 그리고 생과자를 만드는 제과점을 찾아, 흰 앙금으로 만든 상투과자와 계피소가 든 만주, 생강과자와 센베이라고 불리는 부채과자를 샀다. 요즘의 프랜차이즈 제과점에서는 찾기 어려운, 그러나 시어머니들의 추억 속에서는 고급 생과자로 남아 있을 옛날 간식거리였다. 차는 드립백 커피와 믹스커피를 가져갔다. 시어머니의 커피 취향은 네 취향과 함께 변해 갔으나 엄마는 여전히 인스턴트 커피를 선호했다.

그믐이 가까워 달은 보이지 않았지만, 통유리창을 밀치니 솔숲 사이로 불어오는 바닷바람이 쾌적했다. 어색한 침묵의 순간을 피하려고 너는 볼륨을 줄여 거실의 TV를 켠다. TV의 낮은 소리 사이 사이로 시어머니의 이야기가 들려온다. 요양원에 처음 갔을 때, 네가 이지적인 인상이라고 했던 여자가 도통 씻으려고 하지 않는다는 이야기, 자기 물건 없어졌다고 아침마다 소리 지르는 여자의 이야기, 미용 봉사를 하러 오는 이가 있지만, 원장은 당신에게 미용실에서 머리를 자르라고 했다는 이야기, 치매 환자가 늘어나니 환경이 점점 나빠진다는 이야기…. 들리는지, 안 들리는지 예에, 예 하면서 고개를 끄덕이며 생과자를 먹던 엄마는 문득 너를 보면서 천진스럽게 웃는다.

"아, 정말 편하고 좋구나… 죽기 싫어서 어쩌끄나?"

너는 처음으로 엄마가 귀엽다고 생각한다. 너는 그동안 엄마의 응석 섞인 말투에 거부감을 느껴왔다. 그것은 엄마로서의 말투가 아니었기 때문이다. 반세기가 넘게 너는 엄마 노릇을 하고 있는 엄마에게 익숙해져 있었다. 네가 좋아하는 것을 챙겨 주고, 네게 고운 것을 찾아 주고, 네가 불편할까 봐 전전긍긍하고, 네게 시간을 주기 위해 자신의 시간을 헌신했던 엄마. 너는 엄마가 영원히 엄마로서의 직분에 충실하기를 바라고 있었던 모양이다. 엄마의 어리광이 네게는 마치 직무 유기처럼 여겨졌던 것이다.

생각해 보면 엄마도 면소재지 약방집의 늦둥이 외동딸로

태어나 온갖 사랑을 받으면서 자랐다. 중학교를 졸업하고 초등학교에서 교편을 잡을 때는 꽃다운 처녀였다. 결혼을 하고 처음에는 시댁 식구와 남편을 위해, 나중에는 아들딸을 위해, 그리고 말년에는 손자 손녀를 위해 밥을 짓고 빨래를 하면서 엄마의 허리는 점점 굽어진 것이다. 저 세상으로 떠날 나이가 가까워지는데, 죽기 싫어서 어떡하냐니, 엄마의 얼굴에서 세월을 거슬러 올라가니 약방집 외동딸의 귀여움이 묻어났다.

언제나처럼 더블 베드가 있는 큰방에서 두 어머니가 함께 자기로 한다. 시어머니가 먼저 침대의 한쪽에 자리를 잡았는데, 엄마가 자리를 바꾸었으면 했다.

"제가 화장실 쪽에서 잘게요. 자다가도 서너 번씩 화장실에 가야 하니, 사돈 깰까 봐서요…."

"아이고, 나도 하룻밤에 몇 번씩 화장실 출입을 하요… 징해라."

시어머니는 손사래를 치며, 당신의 자리를 고수할 뜻을 분명히 한다. 엄마는 아쉬워하며 창문 쪽 자리로 걸어간다. 요의를 느끼고 일어나서 침대를 돌아 화장실에 가기까지의 거리가 엄마에게는 멀게 느껴지는 것이다. 재작년 겨울, 몸살감기로 심하게 앓고 난 후, 엄마는 요실금이 생겼다. 외출이 길어질 때면 실수할까 싶어 기저귀를 쓴다고 했다.

시어머니도 요실금이 있었다. 당신이 중얼중얼 증상을 호소한 것은 십 년쯤 전이었다. "요새는 기침만 해도 오줌이 찔끔 나와야." 그리고 혼잣말처럼 덧붙였다. "배꼽 아래를 째서 금방 수술할 수 있다고 그러드라마는…." 그때만 해도 너는 시어머니가 비뇨기 계통의 질환을 네게 말하는 게 적절하지 않다고 여겼다. 생식기 관련 질병은 당신의 딸과 상의해야 되는 게 아닐까 싶었다. 네가 못 들은 척 넘기자 시어머니는 더 이상 요실금에 관해서는 이야기하지 않았다. 시누이가 해결해 주었을까? 아니면 시어머니도 기저귀를 쓰고 있을까?

바쁠 일 없으니, 느긋하게 일어나서, 아홉 시쯤 아침을 먹자고 했는데, 일곱 시 반에 잠이 깨어 큰방을 열어 보았더니, 어머니들은 이미 화장을 마치고 네가 일어나기를 기다리고 있었다.

"열한 시에 방을 비워줘야 한다며?"

네가 깰까 봐 거실에 나오지 못했던 어머니들이 소파에 앉는다. 아침을 먹고 나서 온천탕에 한번 더 들르기로 했는데, 웬 화장이람. 너는 어머니들이 잊어버린 일정을 다시 상기시켜 준다.

"아직 시간 많아요. 일층에 가서 황태해장국 드시고요, 방에 와서 쉬었다가, 차에 짐 실어놓고 온천탕에 갈 거예요."

"참 잘 잤다. 열한 시에 방을 비워줘야 한다며?"

네 말을 열심히 듣는 것 같았던 엄마는 또 열한 시 타령을 한다. 엄마는 호텔 방에서 누릴 수 있는 여유가 열한 시로 한정되어 있는 것이 아쉬운 것이다. 네가 좀 무리를 하면 두 어머니에게 하루쯤 더 호사를 누리게 할 수도 있을 것이다. 너는 잠시 갈등을 하지만, 계획대로 진행하기로 한다. 너는 돌발 상황을 좋아하지 않는다.

온천욕을 마치고 호텔에서 나온 시각이 열한 시. 너는 큰길로 접어드는 길목에서 대형 슈퍼마켓을 발견하고 차를 세운다. 시어머니는 외출을 나왔다가 돌아가는 길에는 간식거리를 챙기고 싶어 한다. 요양보호사나 원생들에게 나누어 주고, 한방을 쓰는 이들에게도 인심을 쓰고 싶은 것이다. 너는 귤이나 요구르트처럼 나누어 주기 쉽고 노인들에게 덜 위험한 음식을 권한다. 시어머니는 혼잣말처럼 빵이 좋다고 한다. 너는 시어머니가 가리키는 파이류의 초코과자를 쇼핑백에 넣고, 시어머니가 중얼중얼 찾았던 젤리와 계피사탕도 함께 사서 당신의 가방에 따로 넣는다.

한 시간쯤 차를 타고 가면 점심 예약이 되어 있는 식당이 있다. 점심을 먹고 또 한 시간쯤 달리면, 오후 두 시경에는 예정대로 시어머니의 요양원에 도착할 수 있을 것이다. 너의 마음은 벌써 가벼워지는 듯하다. 깜빡 잊고 약을 먹지 않았는데도 방광염 증세가 느껴지지 않는다.

점심 식사는 성공적이었다. 두 어머니가 고기 다음으로 선호하는 음식은 장어였다. 다만 장어집은 너무 분주하고 소란한 게 너는 늘 불편했다. 장어를 종업원이 구워주든 손님이 굽든, 숯불이며, 불판이며, 연통이 식탁 위를 오락가락하고, 연기와 소음이 들끓기 때문이다. 노인들이 치이는 전투 같은 식사였다. 다행히 네가 인터넷 검색으로 찾은 식당은 한갓지면서도 편안했다. 가정집의 거실 같은 분위기에 소파가 놓인 식탁이 있었다. 통유리창 너머로는 백년은 됐을 법한 벚나무가 단풍 들 차비를 하고 있고, 시골집의 지붕과 담벼락이 한가로웠다.

주방에서 구워져 무쇠주물팬에 담겨 나오는 장어도 좋았지만, 묵은지 무침과 깻잎 장아찌, 가지 나물 같은 밑반찬이 깔끔했고, 후식으로 나온 장어탕까지 깊은 맛이 있었다. 엄마는 여행 중에서 먹은 음식 중 가장 좋다면서 즐거워했고, 시어머니도 오랫동안 수저를 놓지 않았다. 너는 여행의 마지막 식사가 흐뭇하게 마무리된 게 만족스럽다.

식당에서 나오는 길에 시어머니가 화장실에 들르겠다고 한다. 너는 시어머니를 따라가 화장실 문 앞에서 기다린다. 예전에는 손가락으로 화장실의 위치만 가리켜 주곤 했다. 이제는 시어머니의 쇠잔한 몸을 본 터라 자리에 앉아 있을 수만 없다. 젊은 사람에게는 '소변을 본다'는 간단한 행위로 그칠 일이 시어머니에게는 바지를 내리고, 속옷을 내리고, 변기에 앉고, 방광에 힘을 주고, 휴지로 닦고, 속옷을 올리고, 바지를 올리고, 변기의 물을 내리고…라는 힘겨운 과정으로 경험되는 것 같다. 한 단계가 끝날 때마다 시어머니의 끙, 끙 하는 소리가 화장실 밖까지 들린다.

소나무가 듬성듬성한 야산 아래로 요양원 쪽으로 들어가는 좁은 길이 보인다. 인근의 작은 강으로 흐르는 물길을 따라가는 풍광도 나쁘지는 않다. 너는 천천히 커브를 돌아 '실버가든'이라는 요양원 간판이 대각선으로 보이는 다리를 건넌다. 시어머니는 일단 안전하게 거주지에 도착했다. 너는 천천히 브레이크를 밟는다.

"아이구, 들어가기 싫다…."

너는 네 귀를 의심했다. 방금 시어머니가 들어가기 싫다고 했는가?

"편한 데 있다가 와서 그런지 더 들어가기가 싫어…."

시어머니는 역성이라도 들어주기를 바라는 듯한 얼굴로 엄마를 본다. 엄마는 너와 공모하여 시어머니를 버리기라도 하는 것처럼 미안한 표정이 된다. 너는 아주 짧은 순간, 그냥 이대로 시어머니를 태우고 집으로 갈까 하는 생각을 했다. 그러나 너는 계획에 없는 일은 감당할 수 없다는 것을 안다. 너는 난처한 웃음을 지으며, 시어머니가 차에서 내리는 것을 돕는 것으로 대답을 대신한다.

"아이구, 언제 또 만날까라…."

시어머니는 마지못한 듯 엄마에게 작별 인사를 한다.

"어머니, 두 주 후에 다시 만나시잖아요. 추석날 저희 집에서 저녁 같이 드시기로 하셨으면서."

너는 금방 다시 만날 수 있다는 것이 시어머니가 요양원에 들어갈 이유라도 되는 것처럼 시어머니의 비장한 인사를 희석시킨다.

엄마는 말이 없다. 엄마도 요양원에 들어가기 싫다는 시어머니의 말이 마음에 걸리는 것이다. 한 시간 후면 너는 엄마를 집에 데려다 주고, 네 집에 가서 쉴 수 있을 것이다. 그러나 너는 다시금 아랫도리에 화한 기운이 도는 것을 느낀다. 방광염 약을 먹지 않았다.

(『작가교수세계』, 2020년 12월)

진실

너는 신탁을 받았다. 단어 하나를 살해하라는 명령이었다. 너는 무릎을 꿇고 사제가 건네는 두루마리를 펼쳐 보았다. 살해해야 할 단어가 또렷이 적혀 있었다. 너도 적으로 느꼈던 그 말이었다. 너는 사명감을 느끼며 두 주먹을 쥐었다. 이제 신전 밖으로 나가 기다리고 있는 군중 앞에서 그 단어를 공표해야 했다.

사제에게 경의를 표하고, 복도를 걸어 나가는데 너는 갑자기 그 단어가 기억나지 않았다. 너는 황급히 두루마리를 다시 폈는데, 그 단어는 이미 사라지고 없었다. 그래, 신의 계시니까… 너는 두루마리 안의 단어가 사라져 버린 현상을 신성(神性)으로 받아들이며 일견 납득을 했다가, 이내 공황에 빠져들었다. 군중들에게 뭐라고 전한단 말인가? 식은땀이 났다. 그러다가 문득 그 단어는 너 이외에 아무도 본 적이 없다는 생각을 했다. 아무도 모르는데, 아무 단어나 말해도 되지 않을까? 멀리서 군중들의 웅성거리는 소리가 들렸다. 도대체 무슨 단어를 살해해야 한다고 해야 군중들이 믿을까? 그러나 그 단어가 신탁을 받은 단어가 아니라면, 너는 거짓을 말한 죄로 신의 징벌을 받지 않을까? 신전의 층계 아래로 구름떼 같은 사람들이 보였다. 너는 목덜미에 흐르는 땀을 훔치려고 손을 들었다.

너는 손을 올리려다 잠에서 깨어났다. 실제로 너의 목덜미에는 땀이 축축했다. 단어를 살해해야 하다니, 황당한 꿈이었다. 그러면서도 너는 아침 나절 내내 꿈을 뒤적여 살해해야 할 단어가 무엇이었는지를 떠올리려 애를 썼다.

아무래도 그 아이를 보고 온 일이 네 마음 안에 무겁게 자리잡고 있나 보았다. 그 아이는 분명 시우였다. 장시우. 그가 애지중지하는 딸이다. 그의 첫아이는 아내의 뱃속에 깃든 지 얼마 되지 않아 세상을 떠났다. 그는 그 아이를

'연우'라고 부르려 했다고 한다. 그는 첫아이를 잊지 않기 위해서 죽은 아이에게 기어이 연우라는 이름을 주었고, 두 번째로 자신에게 온 아이를 '시우'라고 불렀다고 했다. 너는 그를 다감한 사람이라고 생각했다.

카메라의 각도도, 모니터의 화질도 좋지 않아, 아이의 얼굴을 명확히 볼 수는 없었지만, 세일러복을 입은 모습은, 흡사 그의 휴대폰 초기 화면에서 시우가 튀어나온 것 같았다. 시우가 다니는 사립 초등학교의 교복을 입고 있기 때문에 닮게 보이는 거라고 너는 믿고 싶었다. 어쩌면 이런 곳에 아이를 보내면서, 다른 사람의 눈에 띄는 교복을 입혀 보냈을까? 너는 처음에 그 아이가 시우든 아니든, 아이의 엄마가 무신경하다고 여겼다. 그러나 만일 시우의 엄마였다면, 그러니까 그의 아내였다면 아이에게 초등학교 교복을 입혀 보낸 것은 의도적인 것일 수도 있다. 너는 문득 그런 생각이 들었다. 그와 그의 아내는 이혼을 염두에 두고 있었다.

그는 고대사를 가르치는 교수다. 역사 연구는 사료가 근간인데, 고대사는 사료가 거의 없어. 그래서 고대사는 어쩌면 꿈꾸는 학문이야. 상상력이 절대적으로 필요한 분야지. 그러니까 그는 시간을 거슬러 올라가는 꿈을 꾸는 사람이었다. 그와 함께 여행을 가게 되는 곳에는 언제나 오래된 박물관이 있었다. 지난 세기의 유물을 바라보는 그의 깊숙한 눈빛을 너는 좋아했다. 그의 아내는 피팅 모델 출신이라고 했다. 그의 아내가 결혼하고 나서도 꽤 오랫동안 온라인 쇼핑몰에서 일했다는 말을 들었을 때, 너는 의아했다. 하염없이 옛것을 바라보는 남자가 어떻게 끊임없이 새옷을 갈아입는 여자와 함께 살 생각을 했을까. 연애의 열정이란 때로 동종 교배보다는 이종 교배의 토양에서 타오르기 쉬운 것인가.

너는 속기록을 펼친다. 속기록 한 장, 한 장이 천근 무게로 느껴진다. 너는 이 문서에서 그를 발견하게 될까 봐 두려운 것이다. 문서 안에 기재된 아이의 이름은 정유미. 피해자에게 가명을 부여한 누군가의 무의식 속에 '장'의 'ㅈ'이 살아남아 '정'이 된 것은 아닌지 의심스럽다.

정유미: 아빠가 예뻐해 줄게 그러면서 저를 안았어요.

조사관: 아빠가 어디에서 유미를 안았는지, 좀더 자세히 이야기해 볼까?

정유미: 욕실이에요. 제가 세수를 하고 있는데 아빠가 제 뒤로

왔어요. 그리고 저를 안았어요.

조사관: 그때, 아빠가 예뻐해 줄게라고 했어?

정유미: 네.

조사관: 아빠의 몸이 닿았을 때 유미는 어떤 느낌이었어?

정유미: 음… 따뜻한 느낌?

모니터로 이 장면을 보면서, 너는 얼굴이 달아올랐다. 그는 너를 뒤에서 안는 것을 좋아했고, 너도 그렇게 안기는 것이 좋았다. 너의 목덜미에서 그의 숨결이 뜨거워지고, 너를 원하는 그의 몸이 뜨거워지는 것을 즐겼다. 너는 그와 너의 사랑의 자세가 아이의 말 안에서 오염되는 것을 느꼈다.

너는 아이의 자유 진술부터 찬찬히 다시 읽기로 한다. 너는 허둥대고 있다.

조사관: 유미야, 오늘 여기에 왜 왔는지 알고 있니?

정유미: (고개를 끄덕인다.)

조사관: 그래, 그럼 유미가 오늘 왜 여기에 왔는지 선생님에게 말해 줄래?

정유미: 음, 아빠랑 있었던 일을 말하려고요.

조사관: 그렇지? 그럼, 아빠랑 있었던 일을 선생님에게 자세히 이야기해 볼까?

정유미: 내일이 추석인데요. 학원에서 돌아와 아빠랑 치킨을 먹었어요. 제가 세수를 하고 있는데요. 아빠가 뒤에서 저를 안았어요. 음… 아빠는 컴퓨터를 하고 있었어요. 그래서 아빠가 제 옷을 벗기고 목욕을 했어요. 아빠가 저에게 뽀뽀를 하고 저를 만졌어요. 음… 그리고는 생각이 잘 안 나요.

아빠는 컴퓨터를 하고 있었어요. 그래서 아빠가 제 옷을 벗기고 같이 목욕을 했어요.

너는 빨간 볼펜을 들어 납득이 되지 않는 연결어 '그래서'에 동그라미를 친다. 세수를 하고 있는 아이를 아빠가 뒤에서 안았고, 옷을 벗겼고, 함께 목욕을 했다는 맥락이다. 그런데 컴퓨터 이야기는 왜 끼어들었을까? 아빠가 컴퓨터를 하고 있었다는 것은 옷을 벗기고 같이 목욕을 했다는 것의 이유가 아니다. 그 두 행동이 '그래서'로 연결되려면 뭔가가 더 있어야 한다. 아이가 기억하지 못하거나, 말하지 않은 정보는 무엇일까?

조사관: 그날, 학원에서 집에 왔을 때, 집에는 누가 있었어?

정유미: 아빠 혼자 있었어요.

조사관: 엄마는 어디 가셨는데?

정유미: 외갓집에요. 엄마는 추석 전날에 항시 외갓집에 가세요. 외삼촌이랑 외숙모가 오거든요.

조사관: 유미가 집에 왔을 때 아빠가 혼자 계셨다고 했지? 아빠는 뭘 하고 계셨는데?

정유미: 컴퓨터요.

조사관: 그랬구나. 그날 집에 와서 아빠랑 있었던 일을 좀 더 자세히 말해 줄래?

정유미: 네. 제가 아빠 방에 들어가니까 아빠가 깜짝 놀랐어요. "우리 유미 배고프겠네, 아빠가 치킨 사왔지." 했어요.

조사관: 아빠는 아빠 방에 계셨구나? 유미를 보고 깜짝 놀라셨어?

정유미: 네, 제가 아빠를 놀래주려고 살그머니 들어왔거든요.

조사관: 우리 유미는 아빠랑 친하구나? 아빠가 치킨을 사오셨어?

정유미: 네. 제가 치킨을 좋아해서요. 엄마가 없으면 아빠가 자주 시켜주세요.

조사관: 그날은 배달을 시키지 않고, 아빠가 직접 사오신 거네?

정유미: 네.

조사관: 아빠랑 같이 치킨을 먹었어?

정유미: 네.

조사관: 치킨을 먹고 난 뒤에는?

정유미: 제가 양치질을 하러 욕실에 들어갔거든요. 이를 닦고 나서, 세수를 하는데 거울을 보니까 아빠가 뒤에 있는 거예요. 저는 그때 교복을 입고 있었는데….

교복을 입고 있었는데? 너는 이 대목에 밑줄을 긋는다. 아이의 말은 생뚱맞게 느껴진다. 그날 아이가 너무 배가 고파, 교복을 입은 채로 치킨을 먼저 먹었다고 하더라도, 씻기 전에는 옷을 갈아입는 게 순서일 것이다. 아니, 설령 교복을 입고 세수를 하고 있었더라도 갑자기 나타난 아빠를 보고, '교복을 입고 있었는데'라는 반응은 좀 이상하지 않은가?

너는 아이가 일반적인 언어 구사에 있어서도 비약적인 데가 많은지를 검토해 보려고 라포 대화부터 다시 읽어 본다.

조사관: 유미야, 편한 자세로 앉아. 센터까지는 어떻게 왔니?

정유미: 엄마가 차로 데려다 주셨어요.

조사관: 오, 그래? 엄마가 지금 기다리고 계시니?

정유미: 네, 조사 끝나면 전화하라고 했어요.

조사관: 학교에서 바로 센터로 왔나 보네? 엄마가 학교로 데리러 오셨어?

정유미: 아니요. 오늘은 오전 수업만 하는 날이에요. 집에 가서 엄마랑 같이 왔어요.

사려 깊은 엄마라면, 해바라기센터 같은 곳에서 아이가 남의 눈에 띄는 것을 바라지 않았을 것이다. 아이가 평상복으로 갈아입지 않고 초등학교 교복을 그대로 입고 온 것은 아무래도 아이 엄마의 의도가 개입되어 있다는 쪽으로 네 생각은 기운다. 아이의 어린 나이를 강조해서 그의 비윤리성을 부각시키려는 것이다. 아이의 교복 타령은 제 엄마의 암시 때문에 유도된 말일 수 있다.

조사관: 그랬구나… 집에 가서 엄마랑 점심 맛있게 먹고 왔어?

정유미: 아니요. 햄버거 사가지고 가서 먹었어요. 수요일에는 햄버거 먹고 그냥 학원에 가요. 오늘은 여기 와야 해서 학원에 안 갔어요.

조사관: 엄마가 바쁘시구나?

정유미: 네, 엄마는 맨날 바빠요. 집에 잘 안 계세요.

그가 너와 함께 있을 때, 아이 엄마가 전화를 하는 일은 거의 없었지만, 아이에게서는 종종 연락이 왔다. 아이의 전화를 받는 날은 너희의 데이트 시간이 좀 짧아지곤 했다. 아이는 제 엄마보다는 아빠에게 더 애착을 느끼는 것 같았다. 조사를 받을 때 피해자가 어린 경우에는 엄마가 조력인으로 동석하는 경우가 많은데, 아이는 제 엄마가 아닌 다른 조력인을 원했다고 한다. 아이는 제 엄마에게 부담을 느끼는 것이다. 너는 아이의 엄마가 거짓 진술을 유도했을 가능성이 의심되는 대목을 찾아본다.

조사관: 유미야, 아빠랑 욕실에서 있었던 일을 조금 더 자세히

이야기해 볼까? 생각나는 것 전부 선생님에게 말해줄래?

정유미: 제가 세수를 하고 있는데, 아빠가 들어와 저를 안았어요. 아빠가 예뻐해 줄게 하면서. 그리고 뺨에 얼굴을 부볐는데, 음, 수염 때문에 따끔거려요. 그리고 아빠가 제 옷을 벗겼는데, 욕조에 물이 가득 있어요. 음….

조력인: 아빠랑 같이 목욕을 한 거네?

정유미: 네, 아빠가 물 속에서 저를 만졌어요. 다 기억나요.

조사관: 유미가 지금 3학년인데, 1학년 때 일이 다 기억이 나는 거야?

정유미: 네, 잊어버리고 있었는데 엄마가 잘 생각해 보라고 하니까, 다 기억이 났어요.

조사관: 잊어버리고 있었다가 엄마가 잘 생각해 보라고 하니까 기억이 났어?

정유미: 네, 가끔 꿈은 꾸었지만… 무서운 꿈요.

조사관: 무서운 꿈?

정유미: 네, 꿈속에서는 아빠가 괴물로 변해요. 처음부터 괴물로 나올 때도 있어요. 괴물이 뒤에서 다가와 저를 안는 거예요. 엄청 무서워요.

너는 '엄마가 잘 생각해 보라고 하니까, 다 기억이 났어요.'라는 문장과 '괴물'이라는 단어에 밑줄을 긋는다. 아이의 진술에는 제 엄마의 암시가 작용했을 가능성이 높아 보인다. 그에게 성추행의 혐의를 씌우려는 아이 엄마의 강력한 요구가 아이의 거짓 기억을 만들어 냈을 수 있다. 그것이 거짓 기억이라고 하더라도 일단 자신에게 일어난 사건이라고 믿게 되면 사람들은 스토리를 가진 이미지를 구성해 내기도 한다. 감각적인 기억은 신빙성의 근거가 되기도 하지만, 거짓 기억도 반복됨에 따라서 생생함이 증가할 수 있는 것이다.

너는 '수염 때문에 따끔거려요'라는 진술을 하기 전에 아이가 머뭇거리는 대목과 아이가 구사하는 현재형 시제에 주목한다. 아이가 어려서, 과거형 시제로 일관되게 진술하기 어려운 탓일 수도 있다. 그러나 시제가 바뀌는 진술에 유의해야 한다고 가르치는 책들이 있다. 진술의 시제가 갑자기 현재형으로 바뀌는 것은 과거의 경험을 기억하여 진술하는 것이 아니라, 진술 당시의 시점에서 머릿속으로 지어낸 것일 수 있다는 것이다. 너는 아이가 거짓 기억 속에 그와 뺨을 부비던 실제의 기억을 끼워 넣지 않았을까 짐작해 본다.

그러나 아이의 꿈이 너를 혼란스럽게 한다. 꿈은 무의식이다. 무의식 중에서 아이는 제 아빠를 괴물로 느끼고 있는 것이다. 그가 결백하다면 아이에게 이런 공포는 있을 수 없다. 네게는 익숙한 공포다. 괴물에게 쫓기는 꿈, 숨고 또 숨고, 달아나고 또 달아나며 느끼던 전율. 너는 그 괴물의 정체를 안다.

그에게서 전화가 온다. 점심을 먹으러 가도 좋은지 묻는다. 그의 강의는 월요일부터 목요일 오전에 걸쳐 있다. 그는 느긋한 오후가 시작되는 목요일 점심을 종종 너와 함께 먹는다. 너는 반찬거리를 생각하며 속기록을 책상 서랍 깊숙이 넣고 열쇠를 채운다. 그는 네가 이 지역의 해바라기센터에서 일거리를 얻고 있는 것을 모른다. 진술 분석이 전문가의 영역이고, 너도 네 분야에서 경력을 키울 겸 하는 일이지만, 수고료로 받는 얄팍한 봉투는 늘 너를 부끄럽게 한다. 시간강사의 가난한 지갑을 메꾸려는 일처럼 여겨질까 봐 그에게는 미처 말하지 못했다. 엊그제 사다둔 삼겹살을 얼른 볶으면, 그가 도착하는 시간에 맞추어 상을 차릴 수 있을 것이다.

그는 식욕이 없다. 풋고추를 쌈장에 찍어 먹더니, 된장국만 몇 술 뜨고 수저를 놓는다. 너는 왜 그렇게 밥을 먹지 않느냐는 눈빛을 그에게 보낸다. 그가 입을 크게 벌리고 돼지고기 상추쌈을 맛있게 먹는다면 너는 마음이 놓일 것 같다.

"요즘 잠을 못 잤더니, 입맛도 없네…."

너는 논문 쓸 게 있느냐고 묻는다. 그가 논문 빚이 있어 잠을 못 잤으면 좋겠다는 생각을 한다.

"논문도 논문이고…."

그는 얼버무리다가 너에게 상담할 일이 있다면서 커피를 마시자고 한다. 네 전공이 임상심리학이다 보니 그는 가끔 너에게 대수롭지 않은 학생들 일로 상담을 청하기도 한다. 그러나 이번에는 그의 청이 너의 가슴을 덜컥 내려앉게 한다. 너는 정유미의 실명이 장시우로 확정될까 봐 두렵다.

"가까운 동료에게 생긴 일이야…."

너는 순간 안도의 한숨을 쉰다. '가까운 동료'라는 가림막이 있어서 그와 네가 벌거벗은 언어로 마주보지는 않아도 될 것 같다.

"시우와 나이가 같은 딸이 하나 있는데, 느닷없이 그 딸이 제 아빠에게 성추행을 당했다고 경찰에 고발했다는 거야."

"그분은 뭐라는데요?"

"마른 하늘에 날벼락이지, 말도 안 되는 소리야. 도대체 어떤 심리 상태가 되면 그런 터무니없는 일을 저지르는 거지? 딸아이 말이야."

"집안에 무슨 일이 있었을까요? 최근에?"

"이혼 문제로 부부 싸움이 있었나 봐. 그렇다고 그런 뚱딴지 같은 소릴 해?"

"가까운 동료인가 봐요? 좀처럼 흥분하지 않으시더니…."

너는 그를 차갑게 응시하는 내면의 자신을 느낀다. 그는 주춤하다가 이내 언성을 높인다.

"경찰에 불려가서 조사까지 받았어, 그 사람이…. 더 기가 막히는 것은 그 일이 2년 전에 있었다는 거야."

2년 전. 그는 '2년 전'이라는 총탄을 너에게 난사한다.

"사실 여부도 문제지만, 대체 아홉 살짜리 아이가 일곱 살 때 일을 고발한다는 것이 말이 돼? 황당한 기억을 들먹이면서 말이야."

어릴 적의 일이라고 해서 기억하지 못하는 것은 아니다.

2년 전의 일이라고 해서 모든 기억이 희미해지는 것도 아니다. 너 역시 삼십 년이 지났지만 그 나이 무렵에 네가 겪었던 일을 결코 잊지 못한다.

"평소에 부녀 사이는 어땠는데요?"

"부인이 바빠서, 딸을 거의 그 사람이 키웠다고 해도 과언이 아니야. 초등학교에 들어가고 나서도 잠자리에서 동화책을 읽어주었거든…."

"아빠에 대한 애착이 컸겠네요, 딸이…. 더 들은 이야기는 없으세요?"

"순둥이야. 외동딸인데…. 어릴 때부터 상상력이 풍부했어. 동화책을 읽어 주면, 곧잘 감정 이입을 했지. 저를 주인공으로 생각하고 듣는 거야. 그랬다고 해…."

너는 심상화 능력이 클수록 거짓 기억을 인출할 가능성이 높다는 보고서를 읽은 적이 있다. 상상력이 풍부한 아동은 상상한 사건과 세부 내용들을 더 잘 시각화함으로써 실제 사건과 상상한 사건의 구별이 좀 더 어려워질 수 있다는 것이다. 너는 아이에게 상상 진술의 혐의를 두어 본다. 상상 팽창, 아동이 거짓 사건을 체계적으로 상상하면, 그 사건이 실제로 자신들에게 발생했다는 확신감을 유의미하게 증가

시킨다는 이론이다.

“가만, 얘가 제 상상력으로 이야기를 막 지어낸 거야? 하필이면 그런 이야기를?”

“어떤 이야긴데요?”

“아, 입에 담을 수도 없는 이야기야.”

그는 얼굴을 붉힌다. 그는 마음이 가든지, 거슬리든지 간에 내면에 조금만 변동이 생겨도 얼굴이 붉어진다. 그의 그런 모습을 너는 사랑한다. 네가 기억하는 어떤 남자와는 판이하다. 금방 마음을 들키게 되는 사람. 그런 사람이 어떻게 숨겨야 할 일을 저지를 수 있을까.

그러나 사람들은 타인을 판단할 때 진실을 기본값으로 두기 때문에 해석의 오류를 범하기 쉽다고 했지. 너는 최근에 읽은 심리학 관련 책의 주장을 생각해 본다. 그 책은 투명성의 함정에 대해서도 이야기했다. 말투나 몸짓, 표정 등으로써 그 사람을 알 수 있다고 생각하기 때문에 타인을 잘못 판단하게 된다는 것이다. 네가 기억하는 어떤 남자가 저절로 떠오르는 내용들이었다. 웃는 얼굴, 친근한 말투, 실력 있는 선생. 면소재지의 주민들이 그 남자를 선량하고 존경할 만한 이웃으로 잘못 해석한 것처럼, 너도 그의 외형적 모습만으로 그를 읽고 있었던 것은 아닐까? 그 역시 네게 들추지 않은 마음자락이 얼마든지 있을 수 있는 것이다.

"유사성행위라도 있었다는 거예요? 딸이?"

그는 문득 꿈에서 깬 듯이 너를 바라본다.

"가끔 당신을 보면, 어휘 선택이 참 냉정해."

너는 픽 웃는다.

"용어일 뿐이에요. 전 사회과학도고요."

그는 언어 사용에 민감하다. 청탁받은 원고라도 쓰는 날이면, 국어 사전은 물론, 인터넷까지 뒤적이며 말의 용례를 찾아 본다. 말이 품은 뜻과 문장의 결이 일치하는지도 숙고의 대상이다. 언어 사용의 오류에 대해 결벽증적 까다로움이 있는 사람이 자신의 삶에 오류를 허용할까? 너는 아무래도 그에게 성추행의 굴레를 씌우기가 어렵다. 아이의 상상이 꾸며낸 이야기일 가능성에 방점을 두며, 너는 아이가 사건을 발고하게 된 계기를 되짚어 본다.

조사관: 유미가 2년 전 이야기를 엄마에게 말하게 된 이유는 뭘까?

정유미: 이유요?

조력인: 유미가 1학년 때는 그 일을 엄마에게 이야기하지 않았잖아. 그런데 왜 갑자기 엄마에게 말하게 된 거야?

정유미: 제가 엄마 지갑에서 카드를 빼내다가 걸렸거든요.

조사관: 엄마 몰래 카드를 꺼내려고 했어?

정유미: 네. 엄마는 카드가 많아서 어디에 둔 지 모를 때도 많아요. 그래서 카드를 가져가도 괜찮을 거라고 생각했어요. 엄마가 집에 잘 없으니까 돈 타기가 어렵잖아요. 그래서 필요할 때 쓰려고 했죠. 그런데 엄마가 저를 도둑 취급했어요. 아무것도 모르면서. 그래서 제가 울면서 말했죠.

조사관: 울면서? 유미가 많이 힘들었구나. 엄마에게 울면서 뭐라고 말했어?

정유미: 엄마는 아무것도 모르면서! 라고 했어요. 그랬더니 엄마가 화를 벌컥 내며 내가 뭘 몰라? 했어요. 그래서 아빠 일을 말하게 된 거예요.

너는 엄마와 불안정한 관계에 있는 아이가, 제 엄마와 대치되는 스트레스 상황에서 벗어나기 위해 안전판을 던졌다고 추론해 본다.

그는 네가 던진 '유사성행위'라는 말에 상처를 받았는지, 더 이상 말을 꺼내려 하지 않는다. 묵묵히 차를 마시고 일어서는 그를, 너도 구태여 잡지 않는다. 그에게 필요한 것은 위로가 아니라 그의 진실을 입증해 줄 분석이다. 그가 진실하다면…. 너는 속기록을 꺼내들고, 그를 의심하게 했던 진술의 한 대목을 꼼꼼히 따져 읽는다.

조사관: 유미야, 눈을 감고, 아빠랑 욕조에서 있었던 일을 생각해 봐, 무엇이 보이는지, 무엇이 느껴지는지…, 뭐든지 생각나는 것 전부 다 선생님에게 말해줄래?

정유미: 아빠가 저를 안았는데, 화장품 냄새가 났어요. 아빠 화장품 냄새요.

감각의 구체적인 정보는 팩트의 증거로 취급된다. 네가 기억하는 어떤 남자의 숨결에서는 홍시 냄새가 났다. 그래서 너는 홍시뿐만이 아니라 단감조차 질색을 한다. 그러나 아이의 진술은 다시 읽어보니 어색한 데가 있다.

정유미: 저는 눈을 감았어요. 무서웠어요. 아빠가 저를 만지는

데, 교복이 바닥에 떨어져 젖고 있어요.

교복이 욕실 바닥에 떨어져 젖고 있다는 것은 구체적인 정황이긴 하다. 그런데, 눈을 감고 있는 아이가 교복이 바닥에 떨어져 젖고 있는 것을 어떻게 보는가? 너는 빨간 볼펜으로 이 대목에 밑줄을 긋고 '부자연스러운 묘사'라고 적는다. 과거 시제로 진술하던 아이가 교복이 바닥에 떨어져 젖고 있다는 대목은 현재 시제로 진술하고 있는 점도 의구심이 들게 한다. 교복이 바닥에 떨어져 젖고 있다는 것이 과거의 경험이든 지어낸 것이든 간에, 분명한 것은 진술 당시에 이 이미지가 아이에게 떠올랐다는 것이다. 아이는 왜 이렇게 교복에 집착하는 것일까?

조사관: 유미야, 아빠 성기가 네 소중한 곳에 닿았어?

정유미: 네?

조력인: 아빠가 고추를 유미 소중한 곳에 넣으려고 했어?

정유미: …….

조력인: (정유미의 손을 잡으며) 유미야?

정유미: 모르겠어요. 생각이 안 나요. 엄마도 자꾸 생각해 보

라고 했는데….

생각이 잘 나지 않는다는 것은 아이의 진술에 신빙성을 부여하는 기제가 될 수 있다. 허위 진술인 경우, 오히려 기억 부족을 시인하지 않는다. 생각이 잘 나지 않는다는 것은 더 이상 의미 있는 사건이 발생하지 않았다고 해석할 수도 있지만, 차마 기억하기 힘든 정황에 대한 해리 반응일 수도 있다. 너는 아이가 그에게 씌운 성추행의 혐의가 사실일 가능성과 상상일 가능성을 저울질하며 머리가 아프다.

당시 착용하고 있던 옷이 교복이라는 지속적인 언급, 아빠가 안았을 때, 수염이 따끔거렸다거나, 화장품 냄새가 났다는 감각적이고 구체적인 기억, 아빠가 괴물로 변하는 꿈 등은 사실일 가능성을 지지한다.

제 엄마의 지갑에서 카드를 꺼내다 들켜서 발고하게 되었다는 점, 이혼을 앞두고 있는 엄마의 암시적 발언에 영향을 받았을 가능성이 높다는 점, 상상력이 풍부하다는 점(이것은 그의 의견이었음을 고려하고), 상황 묘사가 자연스럽지 못하다는 점 등은 상상일 가능성을 지지한다.

사실을 지지하는 요소들이 구체적인 데 비해, 상상을 지지하는 요소들은 추론이 대부분이다. 너의 직업적 판단은 아이의 진술이 신빙성 있다는 쪽으로 기운다. 아빠가 괴물로 변하는 꿈. 너는 아이의 무의식에서 그가 저지른 일을 본다.

찰칵.

현관문 열리는 소리. 3년 전, 너는 그와 만나게 되면서 이 아파트의 1층으로 이사했다. 지하 주차장에 차를 대면, 그는 계단을 통해서 바로 네 집에 올 수 있다. 너는 급히 속기록을 서랍 속에 넣는다.

"좋은 와인이 생겨서…."

그는 어색한 얼굴로 들어온다. 노트북 가방과 쇼핑백이 그의 손에 들려 있다. 너는 쇼핑백을 받아 와인을 꺼내고 잔을 가져 온다. 그가 밤에 술을 들고 찾아오는 일은 거의 없다. 그는 술 기운이 아니면 하지 못할 이야기를 너에게 하려는 것 같다.

"낮에 했던 얘기, 실은 내 이야기야."

와인 한 잔을 다 마실 동안 뜸을 들이다가, 그는 어두운 미간에 주름을 잡으며 입을 연다. 너는 '유사성행위'란 가혹

한 말로 그를 떠본 자신이 밉다.

"애가 왜 그렇게 그런 엉뚱한 말을 했는지 모르겠어. 초등학교 2학년 때까지 내가 목욕을 시켜준 건 사실이야. 아기였을 적부터 목욕은 내가 도맡았으니까. 3학년이 되니까 2차 성징이 나타나는 것 같더라고. 그래서 목욕 시키는 일도 그만 뒀는데. 느닷없이 성추행이라니…."

"아내분이 그렇게 몰고 가는 걸까요?"

"무혐의가 입증되면, 오히려 자기에게 불리하겠지… 양육권에서. 워낙 터무니없는 일이니까."

그는 자신의 결백을 확신하는 듯하다. 아닌가? 너에게 자신의 결백을 확신시키려는 것인가?

"사실, 마음에 걸리는 일이 있긴 해. 시우가 당신과 만나는 것을 알고 있더라고…."

"언제부터요?"

"2년 전부터. 시우는 아빠를 독차지하고 살아왔던 애거든. 그래서 충격을 받았나, 그런 죄책감이 들기도 하고…. 하필 2년 전이라고 하니까."

아, 이제 프로이트를 데려와야 하나? 너는 아이의 심리 상태를 헤아려 본다. 제 아빠에 대한 집착이 성적 환상을 불러일으킨 걸까? 그렇다면 아빠가 괴물로 보일 리는 없는데……. 아이의 무의식은 성적인 접촉 행위를 불순하고 두렵게 여기는 것이다.

"사건이 검찰로 송치되었으니, 죄가 있건 없건 검찰 조사를 받고 기소가 될 거야. 그래서 말인데… 이 노트북은 당분간 당신이 좀 맡아 주었으면 좋겠어."

"무슨 기밀 문서라도 있는 거예요?"

너는 아무렇지 않은 척, 목소리의 옥타브를 높인다. 그는 검찰의 압수 수색까지 걱정하고 있는 건가? 결백하다면 왜?

성추행 피의자가 맡기는 노트북. 그의 범죄를 입증할 수 있는 자료라도 담긴 것일까. 그의 면전에서 미안한 상상이지만, 너에게는 성폭력의 장면이 담긴 동영상이 떠오른다.

"그냥, 공개되면 난처한 것들이 있을까 봐…."

너는 내일까지 제출하기로 되어 있는 진술분석 의견서를 쓰기 위해 책상에 앉지만 마음이 잡히지 않아 다시 속기록을 뒤적인다. 그의 혐의를 부정할 만한 뭐라도 찾고 싶다.

조사관: 욕조에서 나온 후에, 아빠가 뭐라고 말했는지 기억나

니?

정유미: 음….

조사관: 혹시 유미에게 사과를 하셨니?

정유미: 사과요? 무슨 사과요?

조사관: 미안하다거나….

정유미: 아, 아빠는 미안하다는 말을 잘해요. 아빠가 잘못 생각한 거 미안해 이러면서….

조사관: 아빠가 미안하다고 하셨구나. 잘못 생각한 거 미안하다고….

정유미: 네. 엄마는 절대 미안하다는 말을 안 하거든요.

조사관: 욕조에서 나온 후에 아빠가 미안하다고 하셨어. 그 다음 이야기도 계속해 줄래?

정유미: 목욕 타월로 저를 닦아 주세요. 드라이어로 머리도 말려 주시고요. 목욕을 하고 나면요.

너는 아이가 '미안하다고 했어요'라는 과거 시제를 쓰지 않고, '미안하다는 말을 잘해요'라고 표현한 것에 주목한다. 그라면 어린 딸에게 스스럼없이 "아빠가 잘못 생각한 것 미안해"라고 사과를 할 것이다. 그러니까 이것은 사건 당시에 대한 진술이라기보다 그의 일상적 태도에 대한 기억이라고 할 수 있다. 목욕 타월로 몸을 닦아주고, 드라이어로 머리를 말려주는 일도 일상에 대한 기억일 확률이 높다. 진술의 시제를 중시한다면 그렇다.

그러나 그가 아이의 몸을 두툼한 타월로 닦아 주고 있는 모습을 떠올리는 순간, 너의 머릿속에서는 하얀 두루마리 화장지가 데구르르 굴러 나온다.

닦아.

사내가 던져준 화장지를 떼내어 너는 너의 어린 허벅지에 묻은 묽은 액체를 닦는다. 옆 반 교실문이 열리는 소리가 아니었더라면, 너의 지옥 같은 시간이 얼마나 길어졌을지 모른다. 바지를 추스린 사내는 너를 보고 히죽 웃는다.

비밀이야, 반장.

사내는 환경 정리를 한다며, 토요일 오후에 너를 남겼다. 아버지가 없어서, 아버지처럼 따랐던 사내였다. 그날 이후, 사내의 어떠한 부름에도 너는 응하지 않았다. 너의 반장 자리는 자연스럽게 다른 애에게 넘어갔다.

조사관: 그 일이 났던 때, 엄마에게 바로 말했으면 좋았을 텐데

그랬네?

정유미: 엄마요? 엄마는 뭐든 야단부터 치니까요. 아마 잔소리 듣기 싫어서 말하지 않았을 거예요.

너도 사내의 일을 어머니에게 말하지 못했다.

"하는 짓이 얼마나 예쁜지, 주머니에 넣어 다니고 싶다니까요."

학년 초, 가정방문을 온 사내는 너를 딸내미라고 생각하겠다며 허허거렸다. 아버지 노릇을 하겠다는 선생을 하늘처럼 생각하는 어머니에게 너는 차마 입을 뗄 수 없었다.

너는 서재 문을 잠그고, 그의 노트북을 열어 본다. 그는 너를 믿고 노트북을 맡겼겠지만, 너는 그를 믿기 위해 노트북을 연다. 노트북은 자동 로그인 상태로 되어 있어, 너는 별반 어려움 없이 그의 모든 파일과 문서에 접근할 수 있다. 논문, 칼럼, 그리고 사진들, 집에서 쓰는 컴퓨터여서인지 학교와 관련된 서류들은 없다. 너는 여행지별로 분류된 사진들을 열어 보고 닫는다. 논문과 칼럼도 일일이 열어 본다. 너는 아마도 일기 같은 것을 기대했던 것 같다. 그러나 그의 혐의와 관련된 단서는 어디에도 없다.

두 시간 가까이 집중해서 노트북을 들여다본 탓에 너는 눈이 뻑뻑하다. 너는 그의 노트북을 닫고, 서재의 도어락을 풀어 놓는다. 노트북 안은 말끔하건만 너의 의혹은 해소되지 않는다. 그는 왜 이 노트북을 너에게 맡긴 것일까?

너는 제단을 바라보는 한 모퉁이, 해설대 앞에 서 있었다. 성서 봉독의 시간이었다. 사제가 성경의 한 구절을 낭독하면, 해설자인 네가 한 구절, 그리고 이를 받아 신자들이 다음 구절을 낭독하는 식이었다. 너는 순서를 잃지 않으려고 성경에 손가락 밑줄을 그어가며 따라가고 있었다. 그런데 어느 순간, 성서의 글자들이 모두 상형문자로 변해 있는 것이었다. 너는 어찌할 바를 모르고 쩔쩔맸다. 미사에 참여한 모든 이들이 해독해서 읽을 수 있는 문자를 너만 읽어내지 못하고 있는 것이었다.

너는 꿈결의 당혹을 몸으로 느끼면서 잠에서 깨어났다. 신탁을 받은 단어가 사라져버린 두루마리를 안고 진땀을 흘리던 꿈이 아직도 생생한데, 상형문자로 가득한 성경을 읽지 못해 쩔쩔매는 꿈이라니. 네가 잃어버린 것은 무엇일까? 네가 보지 못하는 것은 무엇일까?

너는 시계를 본다. 진술분석 의견서를 제출해야 할 날이었다. 그의 다정한 눈빛, 부드러운 음성, 사물에 대한 섬세한 감수성, 그와 몸과 마음을 섞고 지냈던 따뜻한 시간들은 그의 혐의를 부인한다. 네가 아는 그는 그런 사람이 아니다. 그러나 아이의 진술이 거짓이라고 할 만한 뚜렷한 근거가 없다. 아이는 솔직하고, 제게 유리한 진술인지 불리한 진술인지를 가려서 말하지도 않는다. 사리에 맞지 않은 대목도 있고, 암시가 작용했다거나 끼어든 기억이라고 추측되는 부분도 있지만 아이는 대체로 구체적인 정황을 묘사한다. 무엇보다도 아빠가 괴물로 변한다는 아이의 꿈이 네게는 그의 혐의에 대한 결정적 증거로 느껴진다.

지금 너는 의견을 제시해야 한다. 네가 심정적으로 지지하는 그가 아니라, 객관적인 시선과 근거가 판단하는 그를 보아야 한다. 그것이 직업인으로서의 너의 의무이자 윤리이다.

의무이자 윤리, 일찍이 너는 그것을 저버렸기 때문에 네 어린 친구들을 비극에서 구하지 못했다. 반장, 부반장, 미화부장이란 이름으로 네 친구들이 토요일의 교실에 남겨졌을 때, 너는 그저 사내로부터 멀리 달아나기에만 바빴다.

……이상의 내용을 종합했을 때, 진술인의 피해 진술은 진술타당도평가(SVA) 내 준거기반내용분석(CBCA)의 준거에 상당 부분 부합하는 내용으로 이루어져 있다. 따라서 진술인의 진술은 신빙성이 있는 것으로 평가된다.

센터에 의견서를 제출하고 나오면서 너는 후련함과 서글픔을 동시에 느낀다. 그를 잃게 될까 봐 직업 윤리를 배반하는 일을 너는 하지 않았다. 그러나 이제 그를 더 이상 볼 수 없겠지.

천천히 차를 모는데, 센터를 벗어나는 사거리 신호등에서 문득 그의 노트북이 지워졌을지도 모른다는 데 너의 생각이 미친다. 그래, 무언가 중요한 자료가 삭제되었을 수 있다. 검찰에서 혹시 복원을 시킬까 봐 너에게 숨겨둔 것이 아닐까?

너는 그가 숨긴 무언가를 확인해 보고 싶다는 욕망에 사로잡힌다. 이미 의견서를 제출했는데, 그를 파헤친들 네가 무슨 일을 더 할 수 있겠는가 하는 이성적인 생각은 너의 궁금증을 이기지 못한다. 너는 그의 진실을 알고 싶다.

빠르게 회전하는 너의 뇌가 중학교 동창을 수배해 낸다. 몇 년 전엔가 우연히 길에서 만나 차 한잔을 나누게 된 너의 동창은 컴퓨터 프로그래머라고 했다. 네가 경찰청 일을 한다고 하자, 눈을 빛내면서 어려운 일이 있으면 연락하라고 했다. CSI 같은 수사 드라마를 너무 많이 본 모양이라고 너는 웃었는데, 이런 식으로 도움을 청할 일이 생길 줄은 몰랐다. 전화를 받은 동창은 너의 방문 요청을 흔쾌히 수락했다.

"네 남친 꺼구나? 야한 포르노 파일 하나가 삭제됐네?"

너는 수고에 대한 답례로 멋진 저녁 식사를 약속하며, 서둘러 동창을 내보냈다. 그에 대한 어떠한 정보도 동창과 나눌 생각이 없었다. 도어락을 누르고 복원된 파일의 첫 번째 동영상을 열었다. 일본 포르노였다. 세일러복을 입은 여학생이 중년 사내가 혼자 있는 아파트로 들어온다. 여학생은 손을 씻겠다며 욕실로 간다. 아빠가 예뻐해 줄게. 사내는 세수를 하는 여학생을 뒤에서 껴안고 거친 애무를 하며 옷을 벗긴다. 두두둑 단추가 풀리며 세일러복이 욕실 바닥에 떨어진다. 사내는 여학생을 안고 욕조로 들어간다.

너는 숨을 쉬지 못한다. 너의 머릿속에서 진술되지 않은 진술서가 두루마리처럼 펼쳐진다.

조사관: 그날, 학교에서 집에 왔을 때, 아빠는 어디에 계셨어?

정유미: 아빠 서재에요. 제가 깜짝 놀래줄려고 방문을 확 열었더니 아빠가 벌떡 일어서며 놀라셨어요.

조사관: 아빠가 무슨 일을 하고 계셨는데?

정유미: 야한 영화를 보고 있었어요.

조사관: 야한 영화? 유미도 봤어?

정유미: 아빠가 너무 놀라는 게 수상해서, 아빠 몰래 열어봤어요. 아빠가 전화 받고 잠깐 나갔거든요.

조사관: 음…. 혹시 기억나는 장면이 있어?

정유미: 아빠가 예뻐해 줄게 하면서 막 안고 뽀뽀를 했어요. 교복을 입었는데….

아, 그래서 컴퓨터가 등장했구나. 아이의 진술 안에 놓여진 상형문자들을 너는 비로소 해독할 수 있을 것 같다. 아이의 교복에 대한 집착도, 욕실에서의 부자연스러운 묘사도…….

바보. 바보.

너는 힘없이 중얼거린다.

그는 단지 부끄러웠던 것이다. 그래서 차라리 딸의 공상과 싸우는 편을 택한 것이다.

바보. 바보.

너는 다시 뇌까린다. 너 자신 또한 그에 대한 독해를 가로막는 상형문자였을 수 있다는 깨달음이 가슴을 에이며 뒤늦게 다가오는 것이었다.

(『한국소설』, 2021년 8월호)

거짓말

당신이 승혜를 처음 본 순간 단박에 마음이 끌린 것은 미니, 그 녀석 때문이었다. 작고 날씬한 몸매, 말곳말곳한 눈망울. 승혜는 바로 녀석을 연상시켰다. 녀석이 떠난 지 얼마 되지 않아 승혜와 만나게 된 것도 다 인연이 아닌가 싶었다.

미니, 당신은 녀석을 잊을 수 없다. 외출을 하려고 스타킹을 신을 때마다 낑낑대던 녀석이 떠오른다. 녀석이 스타킹을 얼마나 싫어했는지! 스타킹을 신는 것이 당신의 외출 준비라는 것을 녀석은 알고 있었다. 스타킹만 보면 물어뜯으려 했던 녀석은 다른 여자들이 신고 있는 스타킹까지도 원수로 생각했다. 그래서 당신의 집에 몇 번 손님으로 왔던 여자들은 일찌감치 스타킹을 벗어 던지곤 했었다.

승혜가 아들을 따라 처음 집에 온 날, 스타킹을 신지 않은, 하늘색 운동화에 하얀 면양말 차림이었던 것도 당신에게는 예사롭지 않게 여겨졌다. 녀석이 나간 자리를 승혜로 채우고 살라는, 그런 운명의 뜻이 있는가 싶기조차 했다. 그런데 이런 청천벽력이라니!

"어머니, 저 결혼해요."

승혜의 목소리는 너무나 흔연스러워 당신은 잠깐 귀를 의심했다. 혹시 어머니, 날씨가 좋아요, 하는 소리를 잘못 들은 것은 아닌지.

"어머니, 승혜는 거짓말을 해요."

어느 날인가 아들이 흐린 얼굴로 말했다.

"금방 탄로날 일인데도 거짓말을 하고선 늘 둘러대요."

"무슨 거짓말인데?"

"별 중요한 일도 아닌데 말예요. 거짓말할 필요가 없는 것들요."

"가령?"

"점심은 먹었는지, 도서관에는 언제 왔는지, 수업 끝난 후에 어디에 가는지 하는 것들요."

"왜 그럴까?"

아들의 이야기를 전해 들은 승혜는 목덜미까지 빨개졌다.

"사실이에요, 어머니."

승혜는 고개를 떨구고 한참을 머뭇거리더니, 말문을 열었다.

"국민학교 4학년 때, 아빠가 파산을 했거든요. 저희 집은 갑자기 가난해졌어요. 전 그걸 다른 사람에게 알리고 싶지 않았거든요. 처음엔 옷이랑 신발 같은 게 그대로 있으니까 아무도 눈치채지 못했어요. 그런데, 나중에는 뭐든지 다 꾸며대야 했어요. 그러다 보니 습관이 되었나 봐요. 사실대로 이야기를 하면 왠지 불안해요. 어떤 때는 아무 일도 아닌데 그냥 거짓말을 하게 돼요."

전 어쩌죠? 하는 얼굴로 당신을 쳐다보는 승혜의 눈에는 근심이 가득했다. 금방이라도 말간 물이 차오를 것 같았다.

"자신의 문제를 안다는 것은, 그것을 해결할 수 있는 법도 안다는 얘기란다."

당신은 승혜의 손을 잡아 주었다.

거짓말을 하게 만든 네 환경을 먼저 탓해야 할 것 같구나.

미니어쳐 핀셔. 녀석 역시 '토이 그룹의 왕'이라고까지 불리우는 자신의 혈통에도 불구하고 그렇게 게걸댈 수가 없었다. 식사를 할 때나, 과일을 먹을 때, 하다못해 차를 마실 때조차 옆에서 어떻게나 껄떡이던지 음식을 덜어 주지 않고는 배겨내지를 못했다.

당신이 미니 녀석의 그 게걸댐이 기회만 나면 자신의 몸에 더 많은 영양을 비축해 두려는 일종의 생존 본능이었다는 것을 알게 된 것은 녀석의 전 주인에 대한 이야기를 들은 후였다. 녀석의 전 주인은 애견 수집가였다. 몰티즈, 비글, 푸들, 슈나우져, 세인트버나드 등 잘 나가는 개들을 스무 마리씩이나 소유했던 그는, 그 많은 개들을 집에서 키울 수 없어서 시골 별장에다 가둬 두고 하루에 한 번씩 먹이를 주러 다녔다고 한다. 하루에 한 번씩 주어지는 먹이, 녀석이 집에 온 게 생후 5개월쯤 되어서였으니까, 그동안 그 많은 개들 사이에서 어린 것이 제대로 먹이를 차지할 수 있었겠는가. 당신은 승혜의 거짓말도 녀석의 그 게걸댐과 같은 것인지 모른다고 생각했다. 생존을 위한 보호 본능.

이제는 그렇게 살지 않아도 된단다.

당신은 차갑고 딱딱한 승혜의 손이 당신의 손 안에서 용서를 받은 듯 부드럽게 풀리는 것을 느꼈다. 그리고 지나온 시간, 승혜가 당신에게 준 기쁨은 얼마나 영혼을 덥히는 것이었는지.

승혜는 살가운 아이였다. 말을 해도 마음에 차악 엉기게 하는 데가 있었다. 승혜는 까다롭고 무뚝뚝한 남편마저도 사로잡았다. 눈이 오면 승혜는 남편에게 전화를 했다.

아버님, 눈 와요.

승혜를 만나고 남편은 잊었던 감성을 되찾았다. 남편은 얼굴에서, 말투에서, 젊은 날의 유쾌함이 살아났다.

아버님, 영현 씨가 약속을 안 지켜요.

아들과 다투면 꼭 남편에게 일러 바쳤다.

그 자식이 왜 그 모양이라니?

남편은 껄껄 웃으며 승혜를 달랬다. 남편에게 승혜는 귀여운 연인이었다.

승혜는 당신에게도 온 정성을 다했다. 승혜가 처음으로 당신에게 선물을 한 날, 당신은 눈물이 핑 돌았다. 어느 누구도 그런 선물을 한 적은 없었다.

어머니,

좋은 날, 축하해 드리고 싶은데

제가 가진 게 없어서 마땅히 드릴 만한 것이 없네요.

선물 가게에도 가 봤지만 그냥 구경만 하고 나왔습니다.

책방에 들러 시집 한 권 샀어요.

너무 작아 부끄럽지만 어머니께 조금이라도 기쁨이 되었으면 합니다.

승혜 올림

이 세상에서 누가 당신을 위해 안타깝게 주머니를 헤며 선물을 사러 다니겠는가? 당신에게 승혜는 가난한 연인이었다.

어머니,

오랫동안 용돈을 모았어요.

어머니께 어울리는

부드럽고 예쁜 순면 잠옷을 사드리고 싶었는데…….

그래도 순면 잠옷이니까

어머니, 이 옷 입으시고 편안한 꿈 꾸세요.

승혜 올림

승혜는 이런 아이였다. 애절한 사랑을 바치는, 미니 녀석을 꼭 닮은.

대체 녀석은 어디서부터 당신의 흔적을 감지했던 것일까. 엘리베이터에서 내려 집안으로 귀가 열리는 순간부터 녀석이 킹킹거리며 현관문을 긁는 소리가 들렸다. 당신을 맞는 녀석의 환호를 어떻게 표현할까. 단미를 하여 흔들 꼬리가 없었던 녀석은 온 몸으로 당신에게 뛰어 오르며 열광을 드러냈다. 당신이 이리 움직이면 이리 따라오고, 저리 움직이면 저리 따라왔다. 당신이 난초 화분에 물을 주려고 유리문을 닫고 베란다로 나오면 녀석은 유리문에 몸을 바짝 붙이고 코를 납작하게 뭉개면서 당신의 일이 끝나기를 하염없이 기다리곤 했다. 그런 순정. 승혜도 그런 순정이 있는 아이였다.

그런데 문제는 아들이 승혜에게 점점 시큰둥해지는 데 있었다. 사람 보는 눈이 없는 아들은 선물과도 같은 아이 승혜를 몰라보았다.

"승혜는 재미가 없어요. 이러자면 이러고, 저러자면 저러고."

온유함과 순명의 성품이 인성을 이루는 얼마나 큰 미덕인가를 알기엔 아들은 아직 나이가 어렸다.

그 애를 아직 못 잊었을까?

당신은 불안했다. 승혜의 나긋나긋함을 볼 때마다 아들의 실연이 얼마나 다행스럽게 느껴졌던가. 아들의 첫 여자친구는 같은 학과의 동기생이었다. 외모는 수수했으나 당찬 데가 있는 아이였다. 평소에는 별로 말이 없다가도 자기주장을 해야 할 땐 단호했다. 아들이 지갑 속에 그 애의 사진을 가지고 다니게 된 것을 알았을 때, 당신은 마음에 차지는 않았으나 그 애를 받아들이기로 결심했다. 아들이 사랑하는 여자를 너그럽게 함께 사랑하고자 했다.

아들이 입대를 하게 되었을 때 아들을 논산 훈련소까지 데려다주었는데, 아들은 여자친구와 이별을 하느라 혼이 빠져 제 부모에게는 건성이었다. 첫 면회를 갔을 때는 또 어땠는지. 며칠에 걸쳐 장을 보아 차곡차곡 찬합에 재여간 음식들, 평소에 그렇게 좋아했던 닭찜이며, 갈비, 얼음을 채워간 생선회, 철 이른 과일들은 거들떠보지도 않고 아들은 여자애와 손을 잡고 이야기를 하느라 정신이 없었다. 당신이 할 수 있는 일은 두 아이의 대화 사이를 눈치껏 비집고 들어가 "애야, 좀, 먹어라." 하고는 얼른 빠져나오는 것이었다.

아들이 당신에게 다시 돌아온 것은 두 번째 휴가 이후였다. 여자애가 아들을 두고 다른 남자와 만나고 있었던 것이다. 당신은 치를 떨었다. 하필이면 아들이 군대라는 열악한 환경에 있을 때 그 애가 눈을 돌렸다는 것이 생각할수록 괘씸했다. 그동안 당신은 여자애를 몇 번 만났었다. 생일도 챙겨 주고 가끔씩 점심도 사주며 용돈도 쥐어 주었다. 아들이 훗날 아내와 어머니 사이에서 마음이 불편한 일이 없도록 당신은 미리미리 채비를 했던 것이다.

여자애는 아들에게 용서를 빌었고 아들은 분노와 미련 사이에서 갈팡질팡했다. 당신은 여자애에게 전화를 해서 배신을 가차없이 나무라고 아들의 자존심을 부추겨서 잘 벼린 낫을 쓰듯 둘 사이를 싹둑 끊어 버렸다.

당신의 판단은 현명했다. 당신이 아들의 인생에서 가라지와 같은 그 애를 쳐내었기 때문에 아들은 알곡과 같은 승혜를 만날 수 있었던 것이다. 아들뿐만 아니라 온 가족이.

"거짓말하는 것도 싫고요."

아들은 고개를 흔들었다. 그러나 당신은 정말이지 승혜 같은 애를 놓치고 싶지 않았다.

승혜에게 자신감을 심어 주어야겠구나.

당신은 승혜가 거짓말을 안 해도 좋을 든든한 배경이 되어 주고 싶었다. 승혜까지 잃을 수는 없었다.

어떻게 하면 녀석의 게걸댐을 고칠 수 있을까.

껄떡이는 대로 녀석을 먹이다 보니 녀석의 체중 조절이 안 되는 것이 문제였다. 사람처럼 물큰하고 냄새나는 똥을 싸대는 것도 골칫거리였다. 결국은 주위의 의견에 따라 녀석의 먹이를 사료로 제한했는데, 그 양이 문제였다. 녀석과 미니핀 종자의 경우, 갓난아이 손톱만한 사료는 열다섯 알이 적정량이라는데 녀석은 그 배가 되는 서른 알을 일 초도 안 되어 아자작 삼켜 버리는 것이었다. 열다섯 알을 주어본 적도 있었는데 순식간에 먹이를 먹고 난 후 얼마나 애처롭게 쳐다보든지 당신은 먹이를 제한하는 자신이 잔혹한 계모처럼 느껴졌다. 녀석은 그러니까 저와 같은 녀석들에 비해 두 배씩이나 먹고 사는데도 불구하고 음식 앞에서 덤비는 습성을 버리지 못했다.

애견 병원의 의사는 정색을 했다. 소화해 낼 수 있는 양보다 많은 음식들을 지속적으로 먹게 되면 위가 무력화되어 배가 부른 줄을 모른다는 것이다. 녀석은 지금 만성위염에 걸려 있을 거라고 단언했다. 의사는 녀석에게 사료 이외는 일체 먹이지 말 것이며, 먹이는 정확한 양을, 하루에 네 번씩 규칙적으로 주라는 처방을 내렸다.

"다 너를 위해서란다."

당신은 더 달라고 보채는 녀석을 쓰다듬고 안아 주었다. 그리고 먹이가 늘 곁에 있다는 걸 보여주어 녀석을 안심시키고자 유리로 환히 들여다보이는 찬장 안에 사료 봉투를 넣어두곤 했다. 나중에는 녀석도 포기를 했는지 열다섯 알을 먹고도 더 이상 끙끙대지 않게 되었다. 녀석은 눈에 띄게 유순해졌으며 말라갔다. 사료의 양을 줄이면 일시적으로 그렇게 마르다가 나중에는 제 체중을 찾게 된다는 게 의사의 이야기였다. 누가 무엇을 먹어도 예전처럼 달려들지 않게 된 것도 커다란 변화였다. 녀석이 먹을 것 앞에서 품위를 지키게 된 것에 당신은 만족했다. 녀석이 촐랑대며 당신을 따라 다니는 횟수도 줄어들었다. 조용히 누워서 이리 고개를 돌리고 저리 고개를 돌리고 시선으로만 좇아다니다가 당신이 소파에 앉으면 그제서야 무릎으로 오르곤 했다. 녀석은 갑자기 철이 든 아이 같았다.

당신과 남편이 승혜와 함께 보낸 시간은 승혜가 태어나서 먹고 살기에 바쁜 제 부모와 보낸 시간보다 길었을 것이다. 잠만 제 집에 가서 잤을 뿐, 승혜는 거의 모든 생활을 당신의 가족과 함께 했다. 승혜와 백화점 쇼핑을 하는 것은 즐거웠다. 승혜는 쇼핑을 즐길 뿐만 아니라 물건을 보는 안목이 있었다. 당신이 이 옷, 저 옷을 입어보며 망서리거나, 변덕을 부릴 때조차 승혜는 웃으면서 이런저런 조언을 해주었다. 작고 날씬한 승혜의 몸은 무슨 옷을 사 입혀도 맵시가 났다. 당신은 승혜와 쇼핑백을 나누어 들고 좋은 기분으로 돌아오곤 했다. 입맛이 까다로워 외식을 잘 안 하는 남편도 승혜와 함께라면 어디든지 갔다. 음식이 소문난 곳을 수소문해 알아오기도 했다. 승혜가 합류함으로써 당신의 가족은 더욱 단란해졌다. 일요일에 교회에 나가 가족석에 나란히 앉아서 당신은 새사람이 된 승혜를 축복하곤 했다.

"승혜가 요즘도 거짓말을 하니?"

"글쎄요."

아들은 탐탁한 낯빛이 아니었다.

"너무 함께 지내니 이젠 걔가 거짓말을 하는지 안 하는지도 모르겠어요."

"이제는 거짓말 안 할 거야."

당신은 덧붙였다.

"거짓말할 필요가 없어졌는데 왜 거짓말을 하겠니?"

당신은 아들의 기분도 이해할 만했다. 연애라고 하는 게 밀고 당기는 맛이 있어야 달아오르는 법인데, 늘상 같이 지내다 보니 아들은 승혜가 귀한 줄을 모르는 것 같았다. 아들도 나이가 조금만 더 들면, 당신은 그렇게 생각했다. 편안한 사랑이라는 게 얼마나 소중한 것인지 알게 될 거라고.

그러나 아들은 교육용 소프트웨어를 만드는 무슨 벤처회사에 취직이 되었다며 훌쩍 서울로 떠나 버렸다.

"승혜는?"

"그동안 저 때문에 우리 집에 왔었다면, 이제 올 필요가 없겠죠. 어머니 아버지 때문에 왔었다면 계속 드나들 거예요."

아들의 대답은 냉소에 가까웠다.

"너, 아주 못됐구나. 어떻게 그런 식으로 이야기하지?"

"두고 보면 알겠죠."

아들은 승혜가 저를 사랑하는 것이 아니라, 제가 가진 조건을 사랑하고 있는 것이 아니냐고 말하고 싶은 것 같았다. 아마도 아들은 사람들에게는 자신이 처한 모든 환경과 무관한 인간성이라는 게 있다고 생각하는 모양이었다. 그러나 한 인간을 사랑한다는 것은 그의 전 면모를 사랑하는 것이다. 가난한 남자를 사랑한다는 것은 그의 가난한 환경까지도 사랑하게 되었다는 말이지, 가난과 무관한 그 인간만을 사랑한다는 것은 아니다. 재산이 있는 남자를 사랑한다는 것이 왜 순수하지 못하다는 말인가.

아들이 서울로 떠난 뒤, 승혜는 아무래도 집에 드나드는 횟수가 줄어들었다. 풀이 죽은 모습이 역력했다. 당신은 아들에게 결혼 말을 꺼냈다가 면박만 당했다. 아들은 기반을 잡기 전에는 절대 결혼할 수 없으며, 승혜가 기다릴 수 없다면 언제든지 떠나게 하라고 냉정하게 잘라 말했다. 아들은 승혜를 끝없이 시험하는 것 같았다. 멀리 있으면 마음도 멀어지는 법인데. 막연히 안타까워하고 있을 때 승혜는 서울에 있는 사촌 언니의 학원에 강사로 가게 되었다고 전했다.

아들의 아파트로 승혜를 들여보내면서, 당신은 아들이 도도한 사위처럼 여겨졌다. 아들은 무뚝뚝하게 승혜의 짐을 날랐다. 승혜는 사랑을 구걸하는 딸처럼 느껴졌다. 아들이 안쪽의 방 두 칸을 쓰고 승혜가 문 쪽의 방 한 칸을 쓰는 것조차 안쓰러웠다. 아들은 승혜와 한 집을 쓰게 하는 부모의 의사를 따를 뿐이지, 승혜에게는 관심이 없다는 듯이 굴었다. 애초에 승혜를 데려온 게 누군데. 당신은 아들의 태도에 분개했다. 책임질 일만 벌여 보라지.

한 달에 한 번씩 서울에 올라가 고기며 김치며 과일로 냉장고를 채워 놓고, 당신은 정말 사위의 마음을 사려는 장모처럼 굴었다. 집안 청소도 말끔히 해놓고 아들의 와이셔츠며 바지 등속도 말쑥하게 다려놓곤 했다. 승혜도 성품이 고왔지, 부지런한 아이는 아니었다. 학원 강사 생활이 고달픈지 제 방도 엉망으로 어질러 놓기가 일쑤였다. 이런 승혜가 깔끔한 아들의 비위를 맞추기 위해서 얼마나 애를 쓰며 살지는 보지 않아도 환했다.

"저녁은 해먹지 말고 함께 사먹어라."

당신은 승혜에게 용돈을 듬뿍 쥐어주곤 했다. 당신은 승혜가 일감 속에 묻히기를 바라지 않았다. 아들에게 집안일

해주는 여자가 아니라 함께 사는 여자가 되기를 원했던 것이다.

"어머니, 영현 씨가 절 구박해요. 욕실에 머리카락 빠뜨린다고요."

"걔는 젊은 애가 왜 그렇게 좁쌀영감처럼 군다니? 아니꼬우니까 네가 조심해 버려라."

밤이면 하잘것없는 이야기를 쑥덕거리기도 하고 깔깔대기도 하고 당신은 승혜와 손을 잡고 잤다.

그런 승혜였다. 그런 승혜가 아들이 아닌 사람과 결혼을 하다니!

"너, 결혼한다고 했니? 누구와?"

당신은 당황해서 무슨 말부터 해야 할지 갈피를 잡지 못했다.

"사무관이에요. 행정고시 패스한 사람이고요."

승혜의 목소리는 들떠 있기까지 했다.

"어떻게 그리 갑자기? 지난번 전화했을 땐, 전혀 그런 얘긴 없었잖니?"

영현이는 어쩌고?

금방이라도 튀어나오려는 말을 입술을 깨물어 눌렀다.

"예, 그쪽에서 서둘러요. 남자가 나이가 차서 바쁜가 봐요."

승혜의 목소리는 자랑스럽게 들리기조차 했다.

당신은 말을 제대로 마무리짓지도 못하고 전화부터 끊었다. 우선 정신부터 추슬러야 일을 수습할 수 있을 것 같았다.

어디서부터 잘못되었지?

일이 꼬이기 시작한 것은 아들이 다니는 회사에서 이곳에 지사를 세워 아들을 다시 내려보내면서부터일 터였다. 그 전에야 서로 티격태격은 했겠지만 한 집에 살고 있으니 밥도 같이 먹고, TV도 같이 보면서 정은 정대로 들었을 것이었다.

"승혜는?"

"승혜야 직장이 서울인데, 거기 있어야죠."

아들은 당연하지 않느냐는 듯 눈을 치떴다. 어쩐지 고소해 하는 듯한 얼굴이었다. 당신은 마치 아들에게 소박이라도 맞은 듯한 심정이었다. 그래서 아들 앞에서 승혜에게 전화를 했다. 아들이 썼던 방으로 옮기라고. 네 집이나 마찬가지니까 혼자서 편안히 지내라고.

그리고는 정말이지 외동딸 챙기듯 뒷바라지를 했다. 다

달이 용돈을 통장으로 부쳤으며, 김치를 담글 때마다 고속 버스 편으로 택배를 보냈다. 승혜가 입을 만한 예쁜 옷이 눈에 띄면 그냥 지나치지 않았고, 승혜가 바빠서 내려오지 못하는 달은 당신이 서울에 올라갔다. 좋은 음식점을 기억해 두었다가 승혜가 내려오면 데리고 가는 것은 남편의 몫이었다.

"어머니, 영현 씨가 제게 거짓말하고 다른 여자를 만나요."

승혜가 이렇게 말했을 때는, 당신이 아들로부터 배반을 당한 것 같았다. 그 녀석이 그랬구나. 그래서 승혜를 그렇게 시큰둥하게 대했구나.

"어머니, 왜 저를 승혜에게 묶어두려 하세요? 저는 다른 여자도 만나보고 싶어요. 승혜도 그러라고 하세요. 왜 꼭 승혜와 결혼을 전제로 해야 하죠?"

당신의 추궁에 아들은 항변했다. 부모가 재산이 좀 있다는 것 말고는 제가 승혜보다 나을 것이 무엇이 있다고. 당신은 아들이 괘씸했다.

"기다리자. 걔가 어디서 너만한 애를 만나겠니. 돌아올 거야."

당신은 눈물이 그렁그렁한 승혜의 손을 꼭 잡아 주었다.

녀석의 먹이를 사료로 바꾼 지 한 달이나 지났을까. 녀석은 감기에 걸렸다. 녀석은 털이 짧은 종자라 추위에 약했다. 어떤 이들은 단모종 개들에게 옷을 입히기도 했지만 당신의 정서는 아직 거기까지 이르진 못했다. 봄이 되면서 낮에는 보일러를 꺼두곤 했는데, 환절기의 기온 차이를 이기지 못한 모양이었다. 의사는 링겔을 맞춰야겠으니 하룻밤 입원을 시키라고 권했다.

다음날 아침 녀석을 데리러 갔는데, 녀석은 벌벌 떨고 있었다. 당신은 화가 치밀어 간호사와 다투기까지 했다. 녀석은 진료실의 차가운 침대에서 사지가 묶인 채 링겔을 맞고 있었던 것이다. 집에 온 녀석은 조금 토했다. 체온은 계속 떨어졌다. 당신은 드라이어를 쬐어 주기도 하고, 온몸을 문질러 주기도 했다. 녀석은 귀찮은 내색도 없이 당신에게 몸을 맡겼는데, 녀석의 몸에서 희끗희끗한 살비듬이 보였다. 녀석이 혹시? 당신은 처음으로 그런 생각을 했다. 영양 부족이 아닐까?

당신이 나중에 다른 수의사에게 물어본 바 녀석은 십중팔구 영양실조에 걸려 있었다는 것이었다. 영양실조가 면역의 기능을 떨어뜨려 병을 이겨내지 못했으리라는 것이었다. 그렇게 먹고 싶어 하는 것을 못 먹게 하고, 영양실조 때문에 죽게 하다니! 녀석이 그동안 그렇게 얌전하게 굴었던 것이 힘이 없어서였는데 그것을 몰랐다니!

물에 담궈 두지 않았던 쌀이 퍼져서 미음이 될 때까지 시간은 너무 많이 지체되었다. 녀석은 느른하게 누워 슬픈 눈으로 당신을 따라 다녔다. 내가 이렇게 아픈데 엄마는 왜 나를 이렇게 내버려 두지? 그런 얼굴이었다. 미음을 식혀 왔을 때, 녀석의 눈망울이 더 이상 움직이지 않게 된 것을 알았다. 녀석은 미음을 쑤고 있는 당신을 하염없이 바라보고 있다가 세상을 뜬 것이다. 그 눈!

승혜의 행복을 빌어주어야 할까? 아들이 그토록 못되게 굴었으니 승혜가 기다리지 못하고 떠나는 것을 받아들여야 할까? 승혜가 결혼하려는 남자는 어떤 사람일까? 승혜는 정말 그 사람을 사랑하고 있는 걸까?

홧김에, 승혜가 홧김에 아들을 떠난다면 그것은 어리석은 일이었다. 당신은 승혜가 진심으로 사랑한 사람이 아들이 아니라는 것을 믿을 수 없었다. 아들을 진심으로 사랑하는 마음이 없고서야 당신이나 남편에게 그렇게 잘할 수는 없는 것이다.

"그 사람도, 네가 영현이와 사귄 것을 아니?"

당신은 유치하다고 생각을 하면서도 이렇게 물었다.

"예. 다 말했어요. 오랫동안 사귄 사람이 있었다고요."

그런데 다 이해를 했다는 말이지? 그렇다면 참 대단한 남자구나.

"자기도 그런 아름다운 추억이 있다면서 고개를 끄덕이데요."

당신은 그래. 그럼 행복해라 하고 전화를 끊고도 싶었다. 그러나 아들보다 괜찮은 남자가 갑자기 나타나서 승혜의 마음을 사로잡고 승혜를 채가는 것이 너무나 억울했다. 공들여 다듬고 있는 청보석 같은 승혜를 이대로 놓친다고 생각하니 마음이 타들어 가는 것 같았다.

당신이 남자를 수소문하는 것은 어렵지 않았다. 승혜가 남자의 근무지를 자랑이나 하듯이 이야기했기 때문이다.

"승혜하고는 어떤 사이십니까?"

남자는 호감 어린 눈길로 당신을 바라보았다. 해사하고 말쑥한 남자는 어딘지 아들을 닮은 듯했다. 그래서 승혜가 선택하게 되었을까? 아들이 마음을 주지 않으니까?

"김영현이라고 아세요?"

"글쎄요?"

"승혜의 남자친구예요. 저는 걔 엄마고요."

"아, 승혜에게 들은 것 같기도 하군요. 그런데, 왜?"

"승혜가 우리 영현이하고 사귄 것을 아신다고요?"

당신은 남자를 마주보았다. 사무관쯤 되면, 그래 아들보다 나은 게 딱 하나 있다면 사무관쯤 된다는 것인데, 그러면 남의 여자를 빼앗아도 된다는 건가?

"몇 년 전 이야기 아닙니까? 유학을 갔다면서요?"

남자는 어처구니없다는 듯, 정절을 강요하는 조선 시대의 늙은 여자를 보는 듯한 시선으로 당신을 보았다. 당신은 퍼뜩 정신이 들었다.

"우리 영현이가 유학을 갔다고요? 여기 멀쩡히 있는데?"

이번에는 남자가 멍해졌다.

"그럼 지금도 사귀고 있다는 말입니까?"

지금도 사귀고 있다고 할 수 있나? 아들의 마음은 진작 승혜를 떠났는데. 그렇다고 사귀고 있지 않다고 할 수 있나? 승혜는 늘 당신의 가족들과 함께 있었는데.

"얼마 전까지만 해도 승혜가 영현이 아파트에서 살았는

데요."

정확하게 말하자면, 영현이가 없는 영현이 아파트였겠지만 승혜를 묶어 두고 싶은 당신의 마음은 풍부한 뉘앙스를 가진 표현을 택했다.

"대치동에 있는 아파트 말입니까?"

남자는 잠시 얼이 빠진 듯했다.

"그게 승혜네 아파트가 아니었다는 말이죠?"

남자는 사기극에 휘말린 것을 뒤늦게 알아챈 사람처럼 안색이 변하기 시작했다.

"승혜네 아파튼 줄 알았어요?"

당신은 여유를 찾았다. 그래, 이 사람은 승혜를 정말 사랑한 게 아니야. 승혜를 서울에 아파트 한 채 정도는 가지고 있는 유복한 집안의 딸로 알았던 게야. 그래서 사무관쯤 된 사람이 결혼하자고 했겠지. 아무리 우리처럼, 몸뚱이 하나뿐인 승혜를 관용으로 싸안을 수 있을까.

"아버지가 사업을 확장하느라고 아파트를 팔아서, 그래서 언니 집으로 옮긴 것으로 알고 있었는데…."

말꼬리를 흐리는 남자의 얼굴에서 서서히 분노의 표정이 일기 시작했다. 당신은 승혜의 깜찍한 거짓말이 맹랑하고 귀엽게 느껴지면서도 아들이 아닌 다른 남자의 마음을 사기 위해 거짓말을 했으려니 싶어 한편으로는 언짢았다. 혹시 승혜가 아들의 아파트를 나오기 전부터 이 남자를 알고 있었던 것이 아닌가 하는 의심이 들기도 했다.

"승혜를 만난 지는 얼마나 되셨어요?"

승혜의 말로라면 제 사촌 언니 집으로 옮긴 뒤, 형부의 소개로 알게 되었다고 하니까 두 사람이 사귄 지는 두 달이 채 되지 않아야 했다.

"일 년 조금 넘었네요."

이제 와서 그게 무슨 중요한 일이겠냐는 듯 남자는 시큰둥하게 대꾸했다. 그러나 당신은 벌벌 떨리기 시작했다. 승혜는 아들의 아파트에 살면서, 당신이 보내준 김치를 먹고, 당신이 사준 옷을 입고, 당신이 부쳐준 용돈을 쓰면서 이 남자와 만나왔다는 말인가? 그리고는 아들이 다른 여자와 만난다고 투정을 했다는 말인가?

"아파트 안에도 들어가 보셨어요?"

아파트에는 처녀아이 혼자 쓰기에는 어울리지 않는 살림들과 아들의 소지품이 남아 있고, 당신의 옷가지들도 걸려 있었다. 혹시라도 제 거짓말이 탄로 날까 봐 승혜는 남자를 안에 들이지는 않았을 것이다.

웬걸요, 어디 승혜가 들어오게 해야죠. 늘 집 앞까지만 바래다 준 걸요.

남자는 이렇게 대답해야 했다. 승혜가 일말의 양심이 있는 아이라면, 그래도 아들의 아파트인데 그곳에 다른 남자를 들이지는 않았어야 했다.

"그럼요. 거의 주말마다 갔지요."

남자는 이제 승혜를 동료 남성을 배반한 여자, 자신을 속이려 했던 사기꾼쯤으로 치부하는 듯했다. 승혜의 죄상을 낱낱이 밝혀내는 게 남의 여자를 가로채려 했던, 하마터면 남이 먹던 밥을 먹을 뻔했던 자신의 입지를 회복할 수 있는 길이라는 듯 그는 갑자기 의기투합한 동지처럼 굴었다.

"주말에는 나도 가끔 서울에 갔는데?"

당신이 가면 그렇게 반갑게, 그토록 곰살궂게 사랑을 표현했던 승혜가 양다리를 걸치고 이리저리 재고 있었을 줄을 어찌 짐작이나 했겠는가.

"혹시 교수님이세요?"

"아뇨."

"학교 다닐 적 워낙 자기를 귀여워 한 교수님이 계시는

데, 주말에 세미나에 오시면 함께 지내드려야 한다더군요."

승혜는 자신을 포장하기 위해, 자신이 고급 상품인 것처럼 보이기 위해 별 거짓말을 다 했나 보았다. 부잣집 딸인 것처럼, 졸업한 후에도 교수의 신임을 얻는 총명한 학생인 것처럼.

"한 번도 승혜네 아파트가 아니라는 생각은 못했어요. 거기서 밥도 몇 번 먹었는데."

"김치도 드셨어요? 내가 담궈준 것이었는데."

"하, 그 맛있는 김치! 교회에 자기를 좋아하는 어떤 아주머니가 있어서 혼자 밥해 먹는 게 안쓰럽다고 김치를 가져다준다고 하더군요."

당신은 하도 가당찮아 잠시 입을 벌리고 앉아 있었다. 어디쯤 가야 그 많은 거짓말들을 헤치고 승혜의 참말과 만날 수 있을까.

"그러면, 대치동의 그 아파트는 그대로 있다는 말입니까?"

남자는 35평짜리 아들의 아파트에 아직도 미련이 있는가 보았다.

"지금 함께 가볼까요? 가구들이며 소지품이 다 그대로

있으니까."

"글쎄요. 냉장고며, 세탁기며, 다 새것 같은데 혼수용품으로 써도 되지 않겠느냐고 했더니 못 사는 고모가 가져가기로 했다더군요. 워낙 대수롭지 않은 말투여서 부잣집 딸이라 그러나 보다 했죠. 참…."

"용돈 이야기는 안 하던가요? 내가 매달 오십만 원씩 부쳐 주었는데."

승혜의 거짓말에 대해 당신은 끝장을 보고 싶었다.

"막내라 아버지가 못 미더워서, 돈을 벌고 있다고 해도 용돈을 꼭꼭 부쳐 준다고 하더군요."

승혜라는 공적을 퇴치하기 위해 서로 맞장구를 치고 흥분하여 한 시간 이상을 이야기를 나눈 남자였지만, 찻집에서 나와 햇볕 아래서 마주보니 어색했다. 남자도 같은 기분이었는지 눈인사만 한 후 황황히 길을 건너가 버렸다.

아들이 옳았다. 아들은 직감적으로 승혜가 어떤 아이라는 것을 알고 있었던 것이다. 그러나 승혜를 사랑했던 당신은 승혜의 거짓말 속에 승혜가 되고 싶은 승혜가 들어 있다고 생각했다. 당신은 승혜의 거짓말을 용서했고 거짓말로부터 승혜를 구했고 승혜가 되고 싶은 승혜로 만들어 주었다고 생각했다. 그러나 인간의 욕심은 끝이 없는 법이라는 걸 당신은 잠깐 잊었던 것 같다. 세상을 살아가면서 승혜는 끝없이 자기가 욕망하는 존재로 보이기 위해 남에게 거짓말을 할 터였다. 당신이 베푼 모든 물질과 모든 선의가 승혜의 신분 상승을 위한 거짓말의 재료로 이용되었다는 것에 당신은 몸서리를 쳤다.

승혜가 파혼을 당했다는 소식은 승혜의 사촌 언니를 통해 들었다. 젊은애들이 만나기도 하고 헤어지기도 하는 법인데, 어쩌면 승혜의 앞날을 그렇게 망칠 수 있냐고 사촌 언니는 포악을 떨었다. 승혜의 아버지 사업이 어려울 때 당신이 도와준 것이며, 승혜에게 다달이 돈을 부쳐준 것은 결혼을 하겠다는 전제가 있었기 때문이 아니냐고, 그 돈을 변상해 내겠느냐고 했더니 그때야 전화를 끊었다. 승혜가 당신의 가족에게 입힌 상처는 생각하지 않는 모양이었다. 믿었던 인간에게 배신을 당한 영혼의 상처는 영원히 치유가 불가능하다는 것을 모르는 것 같았다.

잊어야 할 아이, 승혜. 영원히 제 욕망이 시키는 대로 거짓말을 해댈 아이, 승혜는 자가당착도 유분수지, 적반하장이라더니, 당신의 전화에 음성 메시지를 남겨놓고 떠났다.

어머니는 거짓말쟁이에요. 저를 딸이라고 하시더니, 영현이가 아들이 아니라, 네가 내 딸이라고 하시더니…….

딸이라면, 평생을 영현이에게 빌붙어 그렇게 비굴하게 사는 게 좋으셨겠어요? 제가 힘들게 찾은 삶을 그렇게 망가뜨릴 수 있으시겠어요?

(『꽃의 연원』 수록 작품 개작)

해설

'너'라는 이름으로

장두영(문학평론가)

1. 들어가며

이미란 작가의 소설집 『너의 경우』는 '너' 또는 '당신'이라는 2인칭 호칭의 서사적 활용에 관한 집요한 미학적 실험의 산물이다. 일반적인 서사 이론에서 3인칭 시점과 1인칭 시점에 관한 설명은 있어도 2인칭에 관해서는 대부분 침묵을 지키는데, 2인칭을 적극적으로 활용한 작품이 드물기 때문이 아닐까 싶다. 표면적으로 2인칭 시점을 채용한 듯하여도 실제로는 1인칭 시점으로 이루어진 경우가 대부분이다. 간혹 2인칭 시점의 활용되는 작품을 발견하기도 하는

데, 2인칭 시점의 적용이라는 실험적 의의에만 지나치게 몰두한 나머지 시점을 제외한 소설의 다른 요소들이 엉성한 작품일 때가 많다.

그렇다면 『너의 경우』에서는 어떠한가? 결론부터 밝히자면, 소설집에 수록된 모든 작품에서 서술자가 '너' 또는 '당신'이라고 호명하는 수법을 의식적으로 사용하고 있으되, 앞서 언급한 지나친 실험성의 함정에는 빠지지 않았다. 아니, 소극적인 차원에서 함정에 빠지지 않았다는 말은 너무 인색한 말이다. 오히려 『너의 경우』에서 사용된 2인칭 호칭의 사용은 독특한 서사적 효과를 발생시키는 데 성공하고, 그러한 효과는 각 작품의 주제 구현과 절묘하게 맞아떨어진다는 점을 강조하지 않을 수 없다. 이는 각각의 소설 작품에서 '너'라든가 '당신'을 모두 '그' 또는 '나'로 바꾸면, 그 즉시 작품을 감싸는 독특한 향취와 생생한 긴장감이 사라지고 만다는 점을 보더라도 금방 알아차릴 수 있다.

이 글에서는 이번 작품집에 수록된 다섯 편의 작품을 대상으로 '너' 또는 '당신'이라는 2인칭 호칭의 사용이 어떠한 서사적 효과를 발생시키는지 살펴보려 한다. 때로는 SF적인 상상력의 극대화의 방식으로, 때로는 어머니와 딸이 서로 따스하게 어루만지는 손길을 묘사하는 방식으로 다채롭게 활용되는 효과를 하나씩 들여다보는 일이다. 나아가 그 효과가 궁극적으로 작품의 주제와 메시지에 어떻게 기여하는지를 살펴본다면 소설집 『너의 경우』에 수록된 작품 전체에 관해서도 어느 정도 파악할 수 있으리라는 기대를 품고서 말이다.

2. 강요된 동일시

「당신?」은 2인칭 호칭의 사용이 발휘할 수 있는 상상력의 역동적 활용에 관한 한 가지 암시를 주는 작품이다. 오늘날의 과학기술을 고려할 때 아직은 낯설기만 한 생명공학 관련 여러 소재들이 '당신'이라는 호칭을 활용함으로써 독자들에게 전면적으로 전달되기 때문이다.

이 작품에서는 엄연히 '나'라는 일인칭이 서술자가 서술을 이끌어간다. 이는 아들의 목소리에 잠에서 깨어나는 작품의 첫 대목에서부터 확인할 수 있다. '나'라는 작중인물인 동시에 서술자는 서술의 곳곳에서 자신의 존재를 드러내는

데 별다른 주저함이 없다. 전통적인 시점 분류로 치자면 1인칭 시점이라는 것, 무리하게 2인칭 시점을 실험하려는 시도와는 거리가 멀다.

그러나 이 작품은 시점과는 약간 다른 측면에서 과감한 실험을 감행한다. 독자를 향해 '당신'이라고 호명하고 있다는 점이다. 1인칭 서술자 '나'의 남편은 작중인물이다. 그러나 '나'의 남편을 '당신'이라고 명명하는데, 이러한 명명법은 독서를 진행하는 독자에게 자신을 향한 호명처럼 느껴지는 독특한 효과가 발생한다. 결과적으로 '당신'이라고 부르는 목소리는 작중인물을 향한 것인지 독자를 향한 것인지 명확하게 구분하기가 쉽지 않다. '당신'이라고 부르면서 전개되는 서술은 한편으로는 작중인물에 관한 보고적 진술이고 다른 한편으로는 독자를 향한 직접적인 말 건네기이다.

가령 "당신은 뇌수종 수술을 받고 혼수상태로 있다가 아흐레 만에 깨어났다."라는 문장을 보자. '나'의 남편이 수술 후 혼수상태에 있다가 깨어났다는 작중인물에 관한 서술자의 요약적 진술이다. 독자의 입장에서는 수술 도중 혼수상태에 빠졌다가 9일 만에 소생하는 일이 얼마나 흔하게 발생하는 일인가 잠시 의문이 들기도 하지만 그런 의문은 오래 가지 못한다. 소설이라는 허구적 세계 속에서 서술자의 말을 거역할 자가 누구인가? 일체의 의심을 거두고 일단 서술자를 신뢰해야 소설의 서술을 읽어나갈 수 있기 때문에 독자로서는 어쩔 수 없다. 의학적인 설명은 일체 생략한 채 서술자는 그저 그랬었노라고 진술하고 있고, 여러 가지 정보의 빈틈은 많지만 서술자의 권위적 진술 앞에서 독자는 일단 모든 내용을 받아들일 수밖에 없다.

여기에 '당신'이라는 단어의 울림은 오롯이 작품의 서술을 읽고 있는 독자를 향해 날아간다. 독자는 당혹스러울 수밖에 없다. '나는 뇌수종 수술을 받은 적이 없는데.' '나는 혼수상태에 있다가 깨어난 것이 아닌데.' 이렇게 반항해봐야 아무 소용없다. 적어도 이 작품을 계속해서 읽어나가기 위해서는 서술자의 권위를 받아들이는 수밖에 없다. 독자로서는 아무리 발버둥 쳐도, 작품을 그만 읽겠다고 결심하지 않는 한, 끊임없이 자신을 향해 '당신' 운운하는 강력한 서술자의 목소리로부터 한 발짝도 빠져나갈 수 없는 갇힌 신세에 불과하다.

한 수 접고 들어간다고 해야 할까? 선언적이고 또 어찌 보면 강압적이기도 한 서술자의 이 같은 어조는 작품 내내 반복된다. 서술자와 독자의 관계에서 서술자의 목소리는 거듭 승리한다. 그 과정에서 독자들은 언뜻 받아들이기 힘든 낯선 소재에 관한 내용도 어쩔 수 없이 받아들여야 한다. 로봇재활치료, 포스트휴먼 산업, 3D 바이오프린터의 장기복제 등등. '이건 일인칭 서술자인 '나'의 남편에 관한 진술이야. 이것을 받아들이지 않으면 더는 작품을 읽어나갈 수 없어. 로봇재활치료, 포스트휴먼 산업 그런 걸 모른다고? 몰라도 '당신'이 그걸 하고 있어. 거부하지 말고 소설의 내용을 일단 받아들여.' 서술자의 목소리를 풀이하면 대강 이렇지 않을까 싶다.

이처럼 '당신'이라는 호명은 두 가지 강요의 효과를 발생시킨다. 첫째 당신이라고 호명된 독자는 꼼짝없이 작중인물에 이입되도록 강요된다는 것, 둘째 적어도 한 편의 작품 속에서 마치 신과 같은 전능함을 행사하는 서술자의 권위로 인해 어떠한 공상적인 상황이라도 받아들이도록 강요된다는 것이다. 이러한 강요의 효과는 지속적으로 반복되어 결국 머지않은 미래 우리가 처하게 될, 아니 어쩌면 이미 우리에게 당도한 상황에 대한 선언이자 경고로 이어진다.

사실 당신의 의식도 예전의 당신과 같다고 할 수 없다. 당신은 갑자기 과학기술의 맹신자로 변해 버렸다. '인간 향상'이라면서 자신의 몸을 과감히 낯선 인간들의 실험 도구로 내어주고 있다. 사이비 종교에 사로잡힌 사람 같다. 몸에 대한 과도한 관심, 적극성, 결단력, 탐구심…… 예전에는 당신에게 없었던 정신적 자질이었다. 그리고 새로운 음식 취향까지. '테세우스의 배'에 대한 의문은 당신의 몸뿐만 아니라 당신의 의식에도 해당되는 것 같다. 지금 당신의 몸과 마음에는 원래의 당신이었던 영육의 소재가 얼마나 남아 있는가? 아무리 생각해도 당신은 당신일 수 없다. (「당신?」, 40쪽)

작품 속 언급되는 '테세우스의 배'나 영화 「트랜센던스」로 짐작건대 작가는 그런 데서 모티프를 얻어 이 작품을 창작했을 듯싶다. 그런 소재들이 과학기술과 인간의 미래에 관한 흥미로운 통찰을 제공하는 것은 분명하다. 하지만 우리는 과학기술에 관한 여러 경고나 어두운 전망에 너무 익숙해진 것도 사실이다. 경고는 들려오지만 먼 미래의 이야기라 생각하면서 다시 바쁜 생활 속에서 무감각해지고 만다.

그런데 이 작품에서는 그렇지 않다. 당신이라는 호명의 방식을 통해서, 그러한 익숙함을 깨트려버린다. '당신'은 수술 후 혼수상태에 빠졌다가 다시 깨어난 사람이고, 각종 생체공학기술의 절대적인 신봉자가 되어 위험스러운 정도로 바뀐다. 일상적인 범위를 훨씬 뛰어넘는 수준의 강렬한 상상력에다가 인물의 급격한 성격 변화는 자칫 받아들이기 어려운 것이지만 '당신'이라고 거듭 호명하는 서술자의 권위적인 목소리와 함께 그 내용은 독자에게 강요된다. 그리고 독자들을 향한 '당신'이라는 호명의 결과 그처럼 위태롭고 불안정하기만 한 '당신'이라는 인물 속에 독자들을 강제로 끼워 넣어진다. "몸에 대한 과도한 관심, 적극성, 결단력, 탐구심…… 예전에는 당신에게 없었던 정신적 자질"에 이를 때, 건강, 노화, 그리고 죽음에 조금이라도 관심을 기울인 적이 있는 우리 독자로서는 작품 속 '당신'이 곧 독자 자기 자신과 묘하게 닮아있음을 부인하지 못하게 된다. 그래서 평소대로라면 무심코 지나칠 만한 포스트휴먼에 관한 여러 담론들에 잠시라도 귀를 기울이지 않을 수 없게 되는 것이다.

강요된 동일시. 그 결과 어떤 독자는 소설 속 가상의 내용에 깊숙이 빠져서 자신의 장기를 교체하는 꿈을 꿀지도 모른다. 또 어떤 독자는 여전히 소설 속 내용에 거부감을 가지면서 삐딱한 태도로 소설 내용을 비판할지도 모른다. 그러나 어떤 독자이든 간에 '당신'이라는 호명에 단 한 번이라도 움찔하면서 반응했던 독자라면 다음과 소설의 마지막 문장에서 쉽게 빠져나오지 못할 것이 분명하다. "당신은 누구인가? 당신의 몸에 들어가 있는 당신은 누구인가……."

이 대목에서, "내가 누구인지 말할 수 있는 자는 누구인가?"라는 리어왕의 대사가 어렴풋이 연상되는 것도 무리는 아닐 듯싶다.

3. 던져진 존재

이번 소설집에서 「진실」과 「거짓말」은 제목만 보았을 때 선명한 대조를 이룬다. 그러나 생각해보면 진실은 거짓말이 아닌 것, 반대로 거짓말은 진실이 아닌 것이다. 어떤 작품은 진실을 다루고, 다른 작품은 거짓말을 다룬다는 것은 무엇이 진실이고 무엇이 가짜인지 분별하는 '진실 찾기'

의 각기 다른 이름일 뿐이다.

이때 '너' 혹은 '당신'이라는 호명은 어떤 의미를 갖게 되는가? 당연히 진실 찾기를 수행하는 주체가 바로 '너' 혹은 '당신'이며, 앞서 살핀 바와 같이 강요된 동일시를 통하여 그 주체는 독자 자신과도 일치한다. 독자에게 진실과 거짓을 구별하라고 '강요'하는 것이 두 작품의 기본적인 해석의 조건이 되는 셈이다.

「진실」은 한층 더 지적인 색채가 강하다. 작품의 첫 대목을 보면 고대 그리스의 비극의 한 장면을 연상시킨다. 진실 찾기이기는 하되, 인간 존재에 관한 묵직한 배경을 걸치고 있는 작품이라는 색깔이 덧씌워진다.

> 너는 신탁을 받았다. 단어 하나를 살해하라는 명령이었다. 너는 무릎을 꿇고 사제가 건네는 두루마리를 펼쳐 보았다. 살해해야 할 단어가 또렷이 적혀 있었다. 너도 적으로 느꼈던 그 말이었다. 너는 사명감을 느끼며 두 주먹을 쥐었다. 이제 신전 밖으로 나가 기다리고 있는 군중 앞에서 그 단어를 공표해야 했다.
>
> (…중략…)

너는 손을 올리려다 잠에서 깨어났다. 실제로 너의 목덜미에는 땀이 축축했다. 단어를 살해해야 하다니, 황당한 꿈이었다. 그러면서도 너는 아침나절 내내 꿈을 뒤적여 살해해야 할 단어가 무엇이었는지를 떠올리려 애를 썼다.

(「진실」, 111~112쪽)

꿈 이야기 자체도 지적인 색채를 강하게 하는 또 다른 요소이다. 「진실」에서 꿈이란 무의식을 엿볼 수 있는 하나의 통로라고 파악한 프로이트의 관점을 따르고 있기 때문이다. 성폭행 사건의 피해자 진술을 분석하는 '너'의 작업은 인간의 의식 아래 감추어진 무의식의 작동을 이해하는 일이고, 작품 속 진실 찾기의 과정 역시 진술의 표층적인 차원을 따라가는 것이 아니라 그 이면에 숨겨진 진실과 거짓을 밝히려는 집요한 추궁이다.

'너'의 입장이 되어 아이의 진술을 판단하라. 사건의 진실은 무엇인가? 작품의 디테일이 워낙 치밀하게 잘 갖추어져 있어 대부분의 독자들은 이러한 지적 게임이 흥미롭게 참여할 수 있을 듯하다. 범죄심리 분석전문가가 되어 사소한 단서를 근거로 진실을 찾는 게임에 동참할 때, '너'라는 호명은 독자를 상황에 몰입하게 하는 데 한층 더 강력한 요인으로 작동한다. 때로는 강요에 가까운 동일시도 활용되는데, 아버지가 딸을 성폭행했다는 범죄 혐의는 평균적인 감수성을 가진 독자들로서는 쉽게 받아들이기 힘든 상황에서, 독자들에게 외면하지 말고 사태를 파악하라고 강요한다. 대부분 뉴스에서 자극적인 보도가 나올 때 채널을 돌리거나 잠깐 관심을 가졌다가 금세 관심이 식어버리는 데 반하여, 강요된 동일시의 효과와 작품 전반에 흐르는 지적인 색채는 자연스럽게 결합되어 독자 스스로 진실 찾기의 주체가 될 수 있도록 이끌어준다.

덧붙여 진실 찾기의 반전 역시 이 작품에서 놓칠 수 없는 포인트이다. 물론 이러한 반전은 아무에게나 주어지는 것이 아니다. '너'라는 처지와 상황에 자신을 던져놓는 독자만이 반전 역시 흥미롭게 받아들일 수 있다. 사소한 징후를 바탕으로 의식의 바닥 아래에 숨겨진 진실을 찾아야 한다는 프로이트의 방식을 전적으로 받아들인 독자들만이 반전을 이해할 수 있다. 이 또한 범죄심리 분석전문가인 '너'에 충분히 동일시되었을 때 찾을 수 있는 즐거움이다. 결국 '너'라는 호명에 충실히 응답하여 잠시나마 자신을 작품 속에 던져놓은 독자들이 누릴 수 있는 지적인 흥미라고 볼 수 있으며, 이러한 흥미를 경험한 독자들은 이제 책을 덮고 우리 주변의 세계로 눈을 돌려 진실과 거짓을 구별해야 하는 임무를 자각하게 될 것이다.

수년간의 치밀한 거짓말이 결국 들통나는 과정을 다룬 「거짓말」에서도 독자는 작품 속에 스스로를 던져 넣어야 한다. 성인이 된 아들을 두고 지방에 사는 비교적 풍족한 경제적 지위를 지닌 중년 여성이라는 인물 설정에 스스로를 동일시하기 쉬운 독자가 얼마나 될까? 그러나 '당신'이라는 호명을 통한 강요된 동일시를 거친다면 조금 달라진다. 그저 그렇다는 것, 눈을 떠보니 그렇다는 것, 작품을 읽다 보니 그럴 수밖에 없다는 것에 독자는 자기 자신을 던져 넣어야 한다. 만일 '당신'과 독자 자기 자신을 일시적이면서도 동시에 상상적으로라도 일치시키지 않으면 독서 과정 자체가 진행되지 않기에 어쩔 수 없는 선택이다.

그 결과 독자 자신을 '당신'에게 던져 넣었을 때는 어떤 결과로 이어지는가? 승혜라는 인물에 대해서 진실 찾기 게임을 해야 한다. "어머니, 승혜는 거짓말을 해요."라는 아들의 말이 이미 주어졌다. 하지만 당신은 아들의 말을 전적으로 믿을 수는 없다. 독자 당신 스스로 승혜라는 인물에 대해서 판단해야 한다. 이것이 게임의 법칙이다.

물론 이 작품은 앞서 「진실」에 비해서는 진실 찾기의 밀도는 떨어진다. 그대로 서술의 진행을 따라가다 보면 승혜의 거짓말이 들통나기 때문이다. 독자들이 지적 게임에 덜 참여해도 진실을 찾을 수 있게 된다는 말이다. 이 점에서 이 작품의 관건은 지적인 한판의 게임으로서의 흥미에 달려 있지 않다. 그보다는 '당신'이라는 인물이 경험하게 되는 동정과 연민, 배신과 분노의 다양한 감정을 간접 경험해보는 데 있다. 한편의 우아한 일일드라마, 약간은 막장드라마의 색채마저 감도는 배신의 이야기 속에는 여러 감정이 분출하고 뒤섞인다.

아들이 옳았다. 아들은 직감적으로 승혜가 어떤 아이라는 것을 알고 있었던 것이다. 그러나 승혜를 사랑했던 당신은 승혜의 거짓말 속에 승혜가 되고 싶은 승혜가 들어 있다고 생각했다. 당신은 승혜의 거짓말을 용서했고 거짓말로부터 승혜를 구했고 승혜가 되고 싶은 승혜로 만들어 주었다고 생각했다. 그러나 인간의 욕심은 끝이 없는 법이라는 걸 당신은 잠깐 잊었던 것 같다. 세상을 살아가면서 승혜는 끝없이 자기가 욕망하는 존재로 보이기 위해 남에게 거짓말을 할 터였다. 당신이 베푼 모든 물질과 모든 선의가 승혜의 신분 상승을 위한 거짓말의 재료로 이용되었다는 것에 당신은 몸서리를 쳤다.

(「거짓말」, 173~174쪽)

독자의 입장에서는 '당신'에 내던진 채 감정의 동요와 분출에 한참을 따라가다 보면 어느새 거짓말 속 인간의 욕망과 그 욕망의 충족에 관한 당신과 승혜의 헛된 몸부림에 도달한다. '당신'에 강제로 던져져서 소설을 읽어나가야 한다는 것, 그 과정에서 당신의 감정과 심리를 따라가야 한다는 것은 독자에게 강요된 것이지만, 인간의 욕망과 헛된 기대에 관한 통찰에 이르러서는 이제 더는 남의 이야기가 아니라 독자 자신의 이야기가 된다. '성인이 된 아들의 결혼을 걱정하는 지방에 거주하는 경제적으로 풍족한 중년 여성의 이야기'가 아니라 독자 자신의 이야기로 전환되는 순간이다. 이 대목에서 '당신'의 호명이 빚어내는 효과란 결국 특수한 것을 강제로 받아들이는 과정을 경험하게 함으로써 보편적인 주제에 공감하게 이끌어주는 것임은 또 한 번 확인할 수 있다.

4. 디테일 속으로

친정어머니와 시어머니를 모신 짧은 여행기 형식을 빌린 「일박 이일」은 치밀한 디테일이 돋보이는 작품이다. 대조적인 두 노인의 특징과 성격에 관한 묘사가 상세하게 펼쳐지고, 그로 인한 주인공 '너'와의 긴장과 마찰이 실감 나게 그려진다. 이러한 치밀함과 생생함이란 대개 작가 자신의 자전적인 경험에 기반한 경우가 많은데, 이 작품에서도 그러한 사연이 어느 정도는 있어 보인다.

이 작품은 '너'라는 단어를 '나'로 바꾸어도 아무런 문제가 생기지 않는다. 사실상 이 작품은 일인칭 시점을 사용한 작품과 크게 다르지 않다. 간혹 '너'보다는 '나'를 사용하는 것이 더 나았겠다 싶은 대목도 없지 않은데, 자신의 솔직하고도 은밀한 감정이나 욕망을 드러내는 대목이 그러하다. 아무래도 2인칭 명명법은 '너'는 인공장기교체 시술을 받았다거나 '당신'은 범죄심리 분석전문가다 식으로 외면적인 차원에 좀 더 잘 어울리는 듯한데, 일인칭 소설에 익숙한 독서 습관 때문인지도 모르겠다.

어쨌든 이 작품은 여전히 2인칭을 활용한다. 독자들을 향해 선언한다. 두 노인을 모시고 여행을 가는 '너'의 입장이 되어라. 2인칭의 활용이 약간은 어색한 부분도 없지 않지만, 잃는 것이 있다면 얻는 것도 있는 법. 이 작품에서 2인칭 활용은 독자들에게 전달되는 디테일을 극대화하는 데 기여한다. 여행 중 때를 미는 장면을 관찰하게 하고, 간식에 관한 취향을 관찰하게 하는 것이 대표적인 예시다.

다음으로는 엄마가 때를 밀었다. 어머니들이 함께 하는 자리에서 순서를 정해야 할 일이 생기면, 언제나 엄마가 양보를 했고 시어머니는 이를 당연하다는 듯 받아들였다. 아들 쪽이 딸 쪽보다 서열이 높다는 듯이. 그러나 이번에는 시어머니가 극구 사양을 했다. 시어머니는 목욕 의자에 앉아서 때타월로 계속 당신의 몸을 문질렀다. 요양원에 처음 들어갔을 때는 목욕도 시켜준다고 좋아했는데, 최근에는 그에 대해 불평하곤 했다. 사람이 늘어나면서, 일주일에 한 번 비누칠과 샤워로 목욕을 대강 끝낸다는 것이다. 시어머니는 아마도 때가 많이 나오면 때 미는 이에게 민망할까 봐 저렇게 순서를 미뤄가며 몸을 닦고 있는 것이다.

네가 이번 여행에서 제일 신경을 쓴 부분은 간식이다. 엄마가 좋아하는 무화과와 시어머니가 좋아하는 사과. 그리고 생과자를 만드는 제과점을 찾아, 흰 앙금으로 만든 상투과자와 계피소가 든 만주, 생강과자와 센베이라고 불리는 부채과자를 샀다. 요즘의 프랜차이즈 제과점에서는 찾기 어려운, 그러나 시어머니들의 추억 속에서는 고급 생과자로 남아 있을 옛날 간식거리였다. 차는 드립백 커피와 믹스 커피를 가져갔다. 시어머니의 커피 취향은 네 취향과 함께 변해 갔으나 엄마는 여전히 인스턴트커피를 선호했다.

(「일박 이일」, 98~99쪽)

독자를 강제로 '너'의 입장과 처지에 던져놓은 결과, 독자는 이 대목에서 두 노인의 등을 밀어드리고 있다. 목욕탕에서 보이는 두 노인이 보이는 행동의 미묘한 차이, 그리고 그 차이가 의미하는 바가 무엇인지 추론하는 과정에 독자도 자연스럽게 동참하게 유도된다. 간식이나 커피 취향도 마찬가지. 맛을 보고, 냄새를 맡게 되는 생생한 감각의 디테일을 독자들이 경험하게 된다. 친정어머니와 시어머니의 다른 취향, 그리고 그러한 취향의 이면에 있을 인생의 여정에 대한 암시가 '너'=독자가 손에 들고 있을 간식과 커피의 맛과 향을 통해서 전달된다.

이 작품은 디테일을 보여주는 데 주력한다. 친정어머니의 식사 모습을 보여주고, 시어머니의 걸음걸이를 보여줄 뿐, 섣부른 판단이나 평가를 내리지는 않는다. 그렇기 때문에 2인칭의 활용이 더욱 필요한지도 모르겠다. 2인칭의 효과로 인하여 판단이나 평가가 고스란히 '너'에게로, 독자에게로 넘겨진다. 창작 단계에서 출발은 작가의 자전적 경험이 적지 않게 작용하였겠지만, 독서 단계에서 해석과 평가라는 마무리는 그동안 '너'의 입장에서 보고 들은 독자들의 몫으로 슬그머니 넘어온다. 이 과정에서 자전적 소재라는 특수함은 어느새 모녀간 또는 고부간에 대한 일반적이고 보편적인 정서의 차원으로 변환된다. '너'의 부모님 이야기를 읽으면서 독자들은 결국 자신의 부모님에 관하여 생각할 수밖에 없게 되는 것에 2인칭의 활용이 작용한 셈이다.

5. 2인칭 소설 쓰기의 가능성

소설 쓰기가 무의식 차원의 상처를 치유할 수 있는 하나의 방법이 될 수 있을까? 표제작 「너의 경우」를 보면 제법 고개가 끄덕여진다. 소설 창작의 과정을 소재로 한 소설. 메타픽션의 측면에서 유발되는 소설적 흥미로 시작한 이 소설은 트라우마를 지닌 소설 창작자가 자신의 상처를 객관화하고 그것을 발화의 표층으로 끌어올림으로써 상처와 대면할 수 있게 하고, 나아가 그 상처를 극복할 가능성을 스스로 발견하게 되는 과정에 관하여 설득력 있는 가능성을 보여준다.

소설창작 수업 형식을 빌린 탓에, 여러 번의 수정과 개작을 거치는 과정을 건너뛸 수 없는 조건이 이 소설의 제약으로 작용하기 때문에, 결과적으로 소설 속 소설이 분량도 축소되고 깊이도 확보되지 못했다는 아쉬움이 없지 않지만, 소설을 창작하고 수정하면서 점점 진화하고 발전해나가는 변화의 과정을 개연성 있게 그려내는 데 성공한 작품이라는 의의를 인정할 수 있다.

작가들은 왜 소설을 쓰는 것일까? 자신의 이야기를 나누고 싶어서일 것이다. 자신이 발견한 삶에 대한 이해, 인간이란 이런 존재이며, 산다는 것은 이런 것이다 하는 것을 다른 사람들과 나누고 싶어서 소설을 쓰지 않을까? 또 어떤 작가는 '왜?'라는 의문으로 이야기를 시작해서 최대한의 설득력으로 그 의문을 풀어 가는 재미 때문에 소설을 쓰기도 할 것이다.

그리고 또 어떤 작가는 자신의 삶을 해석하고 받아들이기 위해서 소설을 쓰기도 한다. 자신의 삶을 통합하기 위해서, 자신의 삶에 깃든 어둡고 모호한 어떤 지점을 해명하려고 소설을 쓰는 것이다.

(「너의 경우」, 51~52쪽)

'너'를 반복적으로 호명하는 일인칭 서술자 '나'의 목소리도 비교적 자연스럽다. 자칫 욕심을 부려 '너'를 사용할 때 어설프게 이름만 '너'로 바꾼 삼인칭 시점이 되기 십상이지만, 이 소설에서는 '나'에게 교사의 역할을 부여하였기 때문에 그러한 혼란과 어수선함을 비교적 손쉽게 극복할 수 있다. 어디까지나 일인칭 시점의 목소리가 교사의 권위 속에서 일정하게 유지되며, 극단적으로 소설의 결말 부분에서 '너'

의 소설 창작이 제대로 끝을 맺지 못하는 위기의 상황이 닥치더라도 빨간펜을 들고 교정과 첨삭을 가하면서 집필의 완성을 독려하는 교사의 역할이 거침없이 개입되면서 소설은 안정적으로 종결될 수 있었다. '너'가 흔들리며 주저하는 모습을 보일 때 독려하기도 하고, 실제의 트라우마와 허구적 창작과의 거리두기를 다시 한번 환기시키는 교사의 목소리가 이 소설을 안정적으로 이끈 바탕인 것이다.

나는 넌지시 소설이 허구의 장르라는 것을 암시하며 네가 용기를 얻기를 기대한다. 지금은 소설창작 수업 시간이고, 이 수업의 결과물은 소설이다. 글쓰기 동료들은 네가 쓴 글이 허구라는 전제 안에서 받아들인다. 그러니까 너는 네 영혼을 솔직하게 들여다보아도 된다. 솔직하면 솔직할수록 너는 네가 붙들려 있는 시간에서 풀려날 가능성이 높아진다.

(「너의 경우」, 55쪽)

에티오피아에서는 아픈 사람이 성직자와 함께 두루마리를 만드는 천 년 전통의 두루마리 치유법이 있다고 한다. 아픈 사람은 성직자에게, 언제 어떻게 그 괴로움을 당하게 되었는지, 왜 아프게 되었다고 생각하는지, 아프기 전의 생활과 현재의 상태는 어떠한지, 다른 사람과의 관계는 어떠한지에 대해 자신의 생각과 감정을 말하면서, 성직자가 그에 합당한 기도와 문양의 두루마리를 만들 수 있도록 한다는 것이다. 아픈 사람은 성직자와 함께 이야기를 주고받으면서 질병의 맥락에서, 자기 삶의 서사적 질서를 헤아려 보는 것이다. 그래서 에티오피아에서는 이야기를 하는 것이 치유에 도움이 된다고 믿어진다.

(「너의 경우」, 71~72쪽)

이 소설에는 안이 쓰는 소설과 '너'가 쓰는 소설 두 편이 삽입되어 있다. 정신적인 상처의 근원을 다루고 있지만 짧은 분량 탓에 소설 속에 제시된 부분만으로는 안이나 '너'의 무의식적 심층에 도달하기는 요원하다. 특히 '너'가 쓴 소설은 공백의 상태로 남아 있어 미완성의 상태다. 다만 부족하더라도 자신의 내부에 있는 응어리를 겉으로 꺼내려고 안간힘을 썼다는 바로 그 점에 박수를 보낼 수 있다. 그리고 그 곁에서 이야기를 주고받으면서 속에서 서사의 줄기를 건져낼 수 있도록 도와주는 '나'의 노력에도 박수를 보낼 수 있다. 무언가 이야기를 주고받는다는 것, 이야기의 내용이나 구성보다는 이야기 속에서 거짓 없이 용기를 내어 진실한 자신의 사연과 마주한다는 것이야말로 이 소설에서 그려낸 하나의 가능성이다.

그래서 독자들은 이 소설을 다 읽고 나면 왠지 자기 자신도 무언가 이야기하고 싶어지는 듯한 착각을 느끼게 된다. 소설 속 안처럼, '너'처럼, 그리고 그 이야기를 들어줄 '나'처럼 두루마리 치유법을 실행해보고 싶은 욕망이 서서히 커지는 것을 느낀다. 이 세상 누구라도 가슴 한켠에 상처 하나 없는 사람은 없을 테니까.

2인칭을 적극적으로 활용한 이미란 작가의 소설 쓰기가 결국 이와 비슷한 것이 아닐까 싶다. 끊임없는 독자와의 대화, 작품 속 허구 세계로의 유혹적인 초대, 희망을 향한 묵묵한 발걸음 같은 것 말이다.